꿀벌 마야의 모험

지은이 발데마르 본젤스
독일의 소설가이자 시인. 젊었을 때부터 미지의 세계를 동경하여 유럽과 미국은 물론 아프리카 및 아시아를 여행하였다. 갖가지 곤충에 인간의 모습을 투영한 『꿀벌 마야의 모험』은 세계 각국어로 번역되어 큰 명성을 얻었다. 그 외의 작품으로는 『천국의 사람들』 『인도 여행기』 등이 있다.

옮긴이 강민경
대학에서 독어독문학을 전공하고 졸업 후 독일계 회사에 다니며 글밥아카데미 출판번역 과정을 수료했다. 독일어학연수 후 현재는 바른번역 소속 번역가로 활동 중이다. 옮긴 책으로 『젊은 베르테르의 슬픔』 『도대체 왜 그렇게 말해요?』 『피터 틸』이 있다.

그린이 천은실
전문 일러스트레이터로 활동하고 있으며 주로 수채화 작업을 한다. 『제인 에어』 『별』 『겨울날 눈송이처럼 너를 사랑해』 『씨앗 이야기』 『내 팬티 못 봤니?』 등 다수의 그림책 일러스트를 작업하였다. 이외에도 'Mr.hopefuless someday' 'Bugs in paper'의 아트 상품 및 '2004, 2008 시월에 눈 내리는 마을' 포스터, '2008 뚜레쥬르 월그래픽' 표지, 사보, 웹 일러스트까지 다양한 분야에서 활동하고 있으며, 인디고 아름다운고전시리즈 『피노키오』 『백설 공주』 『버드나무에 부는 바람』 『80일간의 세계 일주』 『메리 포핀스』 『비밀의 화원』 『톰 소여의 모험』을 작업하였다.

꿀벌 마야의 모험 아름다운고전시리즈 ㉗

지은이 | 발데마르 본젤스 **옮긴이** | 강민경 **그린이** | 천은실
펴낸이 | 김종길 **펴낸곳** | 인디고

출판등록 | 1998년 12월 30일 제2013-000314호 **주소** | (04209) 서울시 마포구 월드컵로8길 41 (서교동483-9)
홈페이지 | indigostory.co.kr **전화** | (02)998-7030 **팩스** | (02)998-7924
이메일 | geuldam4u@geuldam.com **블로그** | blog.naver.com/geuldam4u
페이스북 | www.facebook.com/geuldam4u
초판 1쇄 발행 | 2019년 11월 15일 **초판 2쇄 발행** | 2023년 11월 15일 **정가** | 13,800원
ISBN 979-11-5935-057-3 02850

이 도서의 국립중앙도서관 출판시도서목록(CIP)은 e-CIP홈페이지(http://www.nl.go.kr/ecip)와
국가자료공동목록시스템(http://www.nl.go.kr/kolisnet)에서 이용하실 수 있습니다.(CIP제어번호 : CIP2019041127)

Die Biene Maja und ihre Abenteuer

꿀벌 마야의 모험

발데마르 본젤스 지음 | 강민경 옮김 | 천은실 그림

CONTENTS

숲속의 잔디와 꽃이 가득한 언덕이 마야를 부르고 있었다.

마야는 생각했다.

'아, 신이시여! 산다는 것은 정말 멋지군요!'

고요하고 축복에 찬 먼 곳까지.

주변이 온통 은은한 푸른빛으로 물든 상태였다.

"이게 바로 밤이구나. 오직 밤만이 이럴 수 있지."

마야가 두 손을 모으고 나직하게 말했다.

어린 꿀벌은 자신에게 남아 있는 의지와 힘을 모두 끌어 모았다.
그러고는 마치 엽총에서 발사된 총알처럼
눈 깜짝할 사이에 푸른 아침 공기를 뚫고 숲으로 날아갔다.

01

고향에서 달아난 마야

어린 마야가 고치에서 깨어났을 때, 좁은 번데기 방을 빠져나오도록 도와준 나이든 암벌의 이름은 카산드라다. 카산드라는 모두의 존경을 받는 벌이었다. 당시는 매우 소란스러운 나날이 이어지던 때였다. 일벌들이 반란을 일으켰기 때문인데, 여왕벌도 그 소동을 잠재울 수 없을 정도였다.

노련한 카산드라가 앞으로 이 이야기의 주인공으로 활약할 어린 마야의 커다랗고 반짝이는 눈을 닦아서 말려주고 부드러운 날개도 펴주는 동안, 거대한 벌집 안은 무서운 소리로 들썩였다. 지나치게 소란스러워진 것을 느낀 마야는 카산드라에게 불평했다.

카산드라는 불안한 눈초리로 주변을 둘러볼 뿐 아무런 대꾸도 하지 않았다. 그러면서 이렇게 어린 벌이 벌써부터 불만을 느낀다는 사실에 놀라고 있었다. 하지만 그다지 놀랄 만한 일은 아니었다. 벌집 안의 밀치락달치락하는 소란스런 열기는 누구라도 참기 어려울 정도였으니까 말이다.

마야는 다른 꿀벌들을 관찰했다. 꿀벌들은 쉴 새 없이 돌아다니고 서로를 계속해서 밀어대며 바쁘게 움직였다. 어떤 벌은 다른 벌을 타고 넘어가고, 어떤 벌들은 공처럼 한데 뭉쳐 굴러가기도 했다.

그러던 중에 여왕벌이 가까이 다가왔다. 카산드라와 마야는 옆으로 조금 떠밀렸다. 이때 친절한 수벌 한 마리가 카산드라와 마야를 도와주었다. 수벌은 잘생기고 젊은 신사였다. 그는 마야에게 고개를 끄덕이고는 갑자기 흥분한 듯 사람의 손이나 팔과 마찬가지인 앞다리로 윤기 나는 가슴 털을 쓰다듬었다. 그러고는 카산드라에게 말했다.

"재앙이 닥칠 겁니다. 혁명가들이 떼를 지어 이 도시를 떠나려 하고 있어요. 벌써 새 여왕의 즉위를 선포했더군요."

카산드라는 수벌에게 도와주어서 고맙다는 인사는커녕 눈길조차 주지 않았다. 마야는 나이든 암벌이 젊은 신사에게 너무 무례하다고 생각했다. 하지만 감히 왜 그러느냐고 물어볼 엄두가 나지 않았다. 서로 뒤엉켜 이동 중인 꿀벌들의 세찬 기세가 단번에 마야를 사로잡았기 때문이다. 덩달아 흥분한 마야도 작고 맑은 소리로 윙윙거리기 시작했다. 그러자 카산드라가 핀잔했다.

"뭐 하는 거니? 너까지 시끄럽게 굴려고?"

얼른 움직임을 멈춘 마야는 궁금증 가득한 눈으로 나이든 암벌을 물끄러미 쳐다보았다. 카산드라가 그런 마야를 다독였다.

"이쪽으로 와라. 여기서 진정 좀 해야겠다."

카산드라는 마야의 아름답게 빛나는 날개를 잡아당겼다. 아직 연약하지만 놀라울 정도로 투명한 새 날개였다. 카산드라는 다른 꿀벌들이 거의 지나다니지 않는 구석으로 마야를 데리고 갔다. 그곳에는 꿀이 가득 채워진 벌꿀 방이 두어 개 자리하고 있었다. 마야는 그중 한 벌꿀 방 앞으로 바짝 다가갔다.

"여기서 엄청 좋은 냄새가 나요."

마야가 카산드라를 쳐다보며 말했다. 나이든 벌은 다시금 불안한 표정을 지으며 대답했다.

"얘야, 너는 기다리는 법을 배워야겠구나. 나는 이번 봄에만 해도 벌써 수백 마리나 되는 어린 벌을 가르치고 밖에 나가서 어떻게 해야 하는지 교육했는데, 너처럼 겁 없는 아이는 처음이다. 너는 천성이 유별난 것 같구나."

마야는 얼굴이 새빨개져서 부드럽고 자그마한 손가락을 입에 물었다. 그리고 조심스럽게 말했다.

"천성이 유별나다는 게 뭐예요?"

"그런 짓은 하지 마라."

카산드라가 소리쳤다. 하지만 이것은 마야의 질문에 대한 대답이 아니라 손가락을 입에 물지 말라는 뜻이었다.

"어쨌든 내가 말하는 내용을 모두 새겨들으렴. 벌써 새로운 아기 벌들이 태어나고 있어서 너를 가르칠 시간이 많지 않거든. 이곳에서 나를 도와주는 벌은 투르카 하나뿐인데, 투르카는 일을 너무 많이 하고 말았단다. 요즘에는 귀에서 이상한 소리가 들릴 지경이라지 뭐니. 자, 여기 앉아라."

순순히 자리에 앉은 마야는 커다란 갈색 눈으로 선생님을 올려다보았다.

"어린 꿀벌이 지켜야 할 첫 번째 규칙은 말이다."

카산드라가 한숨을 쉬었다.

"다른 모든 꿀벌과 똑같이 생각하고, 똑같이 행동하며, 모두의 안녕을 생각해야 한다는 거야. 그래야 도시의 질서가 유지된단다. 이 도시의 질서는 아주 먼 옛날부터 조상들이 옳다고 생각했던 것이고, 최선을 다해 지켜온 것이란다. 우리가 번영하기 위한 기초이자 기반이지. 내일이면 너는 벌집을 떠나 날아가게 된다. 너보다 나이가 많은 벌이 함께 갈 거야. 처음에는 가까운 구역을 날아보고 지나다니면서 주변 지리를 익혀야 한다. 그래야 집으로 다시 돌아올 수 있으니까. 너를 안내해 줄 벌이 꿀을 딸 수 있는 수백 가지 꽃과 나무를 알려줄 게다. 그걸 모두 외워야 한다. 모든 꿀벌은 다 그렇게 해야 해. 가장 처음 외워야 할 식물은 히스 꽃과 보리수 꽃이다. 따라 해 보렴."

어린 마야가 말했다.

"못하겠어요. 너무 어려워요. 어차피 곧 그 꽃들을 직접 보게 될 텐데요."

나이든 암벌은 눈을 크게 뜨더니 고개를 절레절레 저었다. 그리고 이렇게 말했다.

"네가 그러다가 큰일을 저지르겠구나. 벌써부터 눈에 선하다."

"그럼 저는 나중에 하루 종일 꿀만 모으러 다녀야 하나요?"

어린 마야가 물었다. 깊은 한숨을 내쉰 카산드라는 어린 벌을 측은한 눈빛으로 조용히 바라보았다. 마치 태어나서부터 지금까지 끊임없이 고생하며 일해온 자신의 삶을 돌아보는 눈빛이었다. 잠시 후 카산드라는 따뜻한 눈길로 마야를 응시하며 부드러운 목소리로 말을 이었다.

"귀여운 마야야, 너는 이제 태양빛을 느끼게 될 거고, 높고 푸른 나무를 보게 될 거다. 꽃이 흐드러진 들판도, 은빛 호수도, 반짝이며 흐르는 시냇물도 보게 되겠지. 파랗게 빛나는 하늘도, 그리고 자연이 빚은 가장 고귀하고 완벽한 존재인 인간도 보게 될 거다. 이 모든 멋진 존재들과 함께라면 네가 하는 일도 즐거움으로 바뀔 게다.

이 모든 게 네 앞에 놓여 있단다, 아가야.
너는 얼마든지 행복해질 이유가 있어."

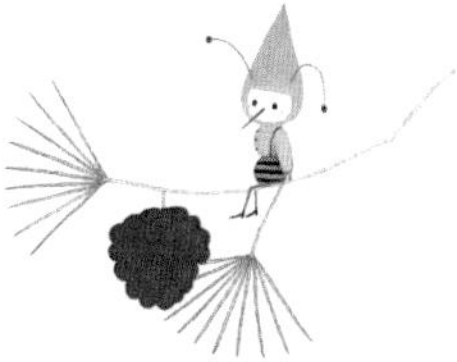

"다행이네요. 저도 행복해지고 싶어요."

카산드라가 온화한 미소를 지었다. 자신도 모르는 사이에 갑자기 어디선가 마야에 대한 애정이 피어올랐다. 여태까지 돌본 수많은 아기 벌들에게는 한 번도 느껴본 적 없는 감정이었다. 그 때문인지 카산드라는 평소 다른 아기 벌들에게 설명하던 내용보다 더 많은 이야기를 마야에게 들려주었다. 수많은 충고와 조언, 바깥세상에서 맞닥뜨릴 다양한 위험, 꿀벌 가족의 가장 위험한 적들에 관한 경고가 이어졌다. 마지막으로 카산드라는 인간에 대한 설명을 오래도록 늘어놓으며 어린 벌의 가슴 속에 인간을 만나고 싶다는 욕망이 싹트도록 만들었다.

"어떤 곤충을 만나든 예의바르고 친절하게 행동해야 한다. 그러면 다른 곤충들이 오늘 내가 너에게 설명해 준 것보다 훨씬 많은 지혜를 가르쳐 주겠지. 하지만 말벌이나 장수말벌은 조심하렴. 말벌은 우리의 가장 강력하고 잔인한 적이고, 장수말벌은 고향도 신조도 없는 무뢰배들이거든. 우리 꿀벌들이 그들보다 더 힘이 세고 숫자도 많지만, 그들은 다른 곤충을 죽이고 모든 것을 빼앗는단다. 그리고 또 다른 곤충들이 널 위협할 때 침을 사용해서 스스로를 지킬 수 있지만, 따뜻한 피가 흐르는 동물이나 인간을 상대로는 그렇게 할 수 없단다. 동물이나 인간을 쏘면 피부에 침이 박혀 부러지기 때문에 네가 목숨을 잃게 되니까 말이다. 그러니 웬만큼 위중한 상황이 아니고서는 동물이나 인간을 쏘지 마라. 하지만 만약 그런 위기가 닥친다면 죽음을 두려워 말고 용감히 맞서야 한다. 우리 꿀벌들이 어디를 가든 주목과 존경을 받는 이유는 우리가 지닌 용기와 지혜 때문이니까. 자, 그럼 잘 가렴, 어린 마야야. 너에게 행운을 빈다. 그리고 네 동족과 여왕님을 위해 헌신하려무나."

이렇게 카산드라는 말을 마쳤다. 어린 마야가 고개를 끄덕이고는 카산드라에게 입을 맞추고 그녀를 껴안았다. 이윽고 마야는 은밀한 즐거움과 흥분을 품고 잠자리에 들었다. 하지만 호기심 때문에 잠을 잘 수가 없었다. 다음 날이면 마야는 드넓은 세상과 태양, 하늘, 그리고 꽃들을 보기 위해 날아가야 했기 때문이다.

그 사이 꿀벌 도시는 잠잠해졌다. 젊은 꿀벌들이 큰 무리를 지어 새로운 도시를 건설하고자 왕국을 떠난 까닭이었다. 햇살이 비치는 와중에 젊은 벌들이 윙윙대는 커다란 소리가 오래도록 울려 퍼졌다. 이 소란은 젊은 벌들의 무모함이나 여왕에 대한 변심 때문에 발생한 것이 아니었다. 젊은 꿀벌들은 꿀벌의 숫자가 폭발적으로 늘어나 지금 벌집으로는 감당할 수가 없고 한겨울을 날 벌꿀도 부족하다는 이유로 이런 소동을 일으켰다.

꿀벌들은 여름 내내 모은 자신들의 벌꿀을 대부분 인간에게 바쳐야 했다. 인간은 벌꿀을 받는 대가로 꿀벌 도시의 안전을 보장하고, 꿀벌들이 편안하고 안심할 수 있는 삶을 살도록 도우며, 겨울에는 추위를 막아주었다. 꿀벌과 인간 사이에 오랫동안 이어져온 계약이었다.

다음 날 자신의 방 안에 있던 마야는 명랑한 외침을 들었다.

"해가 떴다!"

마야는 냉큼 방에서 나와 꿀을 따러 가는 어떤 암컷 벌에게 가까이 다가갔다. 암벌이 상냥하게 말했다.

"그래, 나랑 같이 가자."

문 앞에서 파수꾼벌이 그들을 막았다. 출입구는 매우 붐볐다. 파수꾼벌 하나가 마야에게 꿀벌들의 암호를 알려주었다. 암호를 모르는 꿀벌은 도시로 들어올 수 없었다. 파수꾼벌이 말했다.

"암호를 잘 기억해두렴. 첫 비행에 행운이 가득하길 빈다."

밖으로 나가는 문 앞에 선 어린 마야는 눈을 꼭 감을 수밖에 없었다. 내리쬐는 햇빛이 너무나 눈부셨기 때문이다. 금색과 녹색 햇살이 반짝였고, 주변은 온통 풍요롭고 따스하게 빛나고 있었다. 마야는 행복에 겨워 어쩔 줄을 몰랐다.

"정말 멋져요! 저멀리 날아가는 건가요?"

마야가 곁에 있던 암벌에게 물었다. 그녀가 대답했다.

"얼른 날아가라!"

어린 마야는 고개를 들고 자신의 아름답고 여린 날개를 움직였다. 그러자 발아래 있던 디딤대가 갑자기 푹 꺼지는 기분이 들었다. 아래쪽 땅이 미끄러지듯 멀어지는가 싶더니 벌집의 커다랗고 둥근 녹색 천장이 가까이 다가왔다. 마야의 눈이 반짝반짝 빛나고 심장은 환호성을 질렀다. 마야가 소리쳤다.

"우와, 내가 날고 있어! 그냥 날아다니는 게 이렇게나 멋진 일이었다니!"

"그래, 네가 날고 있구나."

암벌이 마야와 나란히 속도를 맞추기 위해 애쓰며 말했다.

"저기 보이는 게 보리수들이야. 우리는 저기까지 날아갈 거란다. 우리 왕국 소유의 보리수거든. 저기서부터 우리 도시가 시작된다는 걸 기억해두렴. 그나저나 넌 지금 너무 빨리 날고 있구나, 마야야."

마야가 대답했다.

"마음 같아선 더 빨리 날고 싶은걸요. 햇빛이란 이렇게 향기로운 것이었군요."

"아니, 그건 꽃이야. 어쨌든 속도를 줄이렴. 내가 따라가지 못할 것 같구나. 그리고 나중에 집으로 돌아가려면 주변을 잘 봐두어야 한다."

암벌이 거친 숨을 몰아쉬며 말했다. 하지만 어린 꿀벌은 듣고 있지 않았다. 태양과 현재의 행복, 그리고 즐거움에 흠뻑 도취되어 있었다. 햇빛 아래 녹색으로 빛나는 바다를 향해 쏜살같이 미끄러지는 기분이었다. 바다는 더욱더 장엄하게 반짝였다. 다채로운 꽃들이 저멀리서부터 은은하고 찬란한 손짓을 보내 마야를 유혹하는 것 같았다. 푸른 하늘은 마야의 신나는 첫 번째 비행을 축복했다. 마야는 생각했다.

'오늘만큼 아름다운 날이 또 있을까! 집에 돌아가고 싶지 않아. 태양 외에는 아무것도 생각하지 않을 테야.'

아래를 내려다보니 풍경이 각양각색으로 변하고 있었다. 평화롭고 너른 땅이 햇빛을 받으며 서서히 멀어졌다. 태양이란 전부 다 금으로 이루어진 존재가 아닌가, 하고 어린 마야는 생각했다.

넓은 정원에 도달했을 때, 마야는 매우 지친 상태였다. 정원에서 벚나무와 산사나무, 라일락이 흐드러지게 꽃을 피워 구름을 이루고 있었다. 마야는 화단에 핀 빨간 튤립 속에 들어가 꽃잎을 단단히 붙잡고 꽃잎 벽에 기댄 채 숨을 깊이 들이마셨다. 그리고 행복에 젖어 햇빛이 내려앉은 꽃잎 가장자리 너머로 파랗게 빛나는 하늘을 올려다보았다. 마야가 감탄했다.

"어두운 꿀벌 집보다 이곳 바깥세상이 훨씬 넓고 천 배는 더 아름답구나! 다시는 집으로 돌아가지 않을 거야. 꿀이나 나르고 밀랍이나 만들 수는 없지. 절대 그런 일은 하지 않을 거야. 나는 꽃이 가득한 세상을 돌아다닐 거야. 나는 다른 벌들과는 달라. 내 마음은 즐거움과 놀라움, 그리고 경험과 모험을 원하고 있어. 나는 어떤 위험도 두렵지 않아. 나에게는 힘과 용기와 침이 있으니까."

마야는 자만과 기쁨에 빠져 웃음을 터뜨리고는 튤립 꽃받침에서 꿀을 받아 마셨다.

'정말 멋져. 산다는 건 정말 기막히게 좋은 일이야.'

마야는 생각했다. 아, 하지만 앞으로 얼마나 많은 위험과 곤경이 도사리고 있는지 어린 꿀벌이 미리 알았더라면! 그랬다면 훨씬 신중하게 행동했을 것이다. 하지만 마야는 그것을 눈치 채지 못한 채 들떠 있었을 뿐이다.

곧 피로가 몰려와 마야는 잠이 들고 말았다. 잠에서 깨었을 때는 태양이 어디론가 사라지고 땅에는 땅거미가 지고 있었다. 마야의 가슴이 두근거렸다. 어린 꿀벌은 머뭇거리며 튤립을 떠났다. 밤이 되어 튤립이 꽃잎을 오므릴 준비를 하고 있었기 때문이다. 마야는 나이 많은 나무의 꼭대기에 달린 커다란 이파리 밑으로 날아가 몸을 숨기고는 자신을 도닥였다.

'절대 처음부터 용기를 잃지 않을 거야. 태양은 다시 올 거야. 카산드라가 그렇게 말했으니 틀림없어. 그러니 마음 단단히 먹고 편히 자야지.'

02
페피의 장미꽃 집

어린 마야가 잠에서 깼을 때 주변은 이미 밝아져 있었다. 커다란 이파리 아래서 잤더니 몸이 조금 얼어 있어서 마야의 움직임은 무겁고 둔했다. 마야는 잎맥을 꼭 붙잡고 날개를 털며 부르르 떨었다. 날개가 부드러워지고 먼지가 떨어졌다. 그런 다음에는 금빛 털을 다듬고, 커다란 두 눈을 닦아 초롱초롱하게 만들었다.

마야는 조심스럽게 이파리의 가장자리까지 기어가서 주변을 살폈다. 세상이 온통 아침 햇살을 받아 휘황찬란하게 빛나고 있었기 때문에 마야는 눈이 부셨다. 녹색을 띤 황금 같은 나뭇잎들이 위로 드리워져서 어린 꿀벌이 앉은 자리에 그늘을 만들고 있었다. 마야는 조금 한기를 느꼈다.

'세상은 정말 아름다워.'

어린 꿀벌은 생각했다. 마야는 어제 겪은 모든 일, 모든 경험, 그리고 자신이 본 모든 아름다운 존재들을 되새겨 보았다. 그러나 벌집으로 돌아가지 않겠다는 결심은 변하지 않았다. 물론 카산드라를 떠올리자 가슴이 두근거렸다. 그렇지만 카산드라가 마야를 찾을 수 있을 리가 없었다. 매일같이 벌집을 드나들며 꿀을 나르고 밀랍을 만들어야 한다니, 전혀 즐겁지 않을 것 같았다.

마야는 행복하고 자유롭게, 자신만의 방식대로 삶을 즐기고 싶었다. 그럴 수만 있다면 어떤 일이든 견뎌낼 자신이 있었다. 마야는 경솔한 생각에 빠져 있었다. 어떤 일이 자신을 기다리고 있는지 미처 알지 못했기 때문이다.

저멀리 햇빛을 받아 붉게 빛나는 장소가 보였다. 마야는 반짝임을 확인하자마자 도저히 참을 수가 없었다. 게다가 배도 고팠다. 그래서 마야는 숨어 있던 곳에서 나와 맑고 경쾌한 소리를 내며 용감하게 날개를 움직였다. 곧 밝은 빛이 어른거리고 따스한 햇살이 가득한 공중으로 날아올랐다.

마야는 자신에게 손짓하는 빨간 꽃을 향해 조용히 날아갔다. 꽃 가까이로 다가가자, 은근하게 풍기는 달콤한 향기에 감싸여 몸이 마비되는 기분이었다. 그래서 빨갛고 커다란 꽃에 겨우겨우 도달할 수 있었다. 가장 바깥쪽에 자리한 둥근 꽃잎에 내려앉은 마야는 꽃잎을 단단히 붙들었다.

그때 마야의 앞으로 반짝이는 은빛 구슬이 꽃잎을 따라 굴러왔다. 마야와 엇비슷한 크기인 구슬은 투명했고 무지갯빛으로 오색찬란하게 반짝였다. 마야는 화들짝 놀랐지만, 빛나는 은구슬을 홀린 듯이 바라보았다. 마야의 바로 앞을 지나친 투명한 구슬은 계속해서 굴러가더니 잎 가장자리에서 잠시 머물렀다. 그러고는 이내 햇빛 속으로 뛰어든 뒤, 잔디 아래로 떨어졌다.

화려한 구슬이 수많은 진주 조각으로 부서지는 모습을 본 마야는 작게 탄성을 질렀다. 하지만 풀밭에서 다시 살아난 진주알은 풀줄기를 따라 미끄러지면서 몸을 떨구며 반짝반짝 빛났다. 마치 등잔불에 비친 다이아몬드처럼. 마야는 그것이 커다란 물방울이었다는 사실을 깨달았다. 촉촉한 밤 동안 꽃받침 안에서 만들어진 이슬이었다.

마야가 다시 꽃받침 쪽으로 몸을 돌리자, 갈색 겉날개와 검은 앞가슴 판을 지닌 딱정벌레 한 마리가 꽃받침 입구에 앉아 있었다. 딱정벌레는 마야보다 약간 작았고, 자신의 자리를 지키며 근엄한 표정으로 마야를 쳐다보았다. 하지만 불친절해 보이지는 않았다. 마야는 상냥하게 인사를 건넸다.

"저 구슬 주인인가요?"

마야가 물었지만, 딱정벌레는 대답하지 않았다. 마야가 다시 말했다.

"나 때문에 구슬이 떨어져 버려서 정말 미안해요."

"저 물방울을 말하는 건가요?"

뒤늦게 입을 연 딱정벌레가 웃음을 지으며 말했다.

"그렇다면 걱정할 필요 없어요. 나는 벌써 물을 마셨고, 내 아내는 신장이 아파 물을 마시지 않거든요. 그나저나 여기는 무슨 일로 오셨나요?"

"이 아름다운 꽃은 뭔가요?"

마야가 딱정벌레의 질문에는 대답하지 않은 채 물었다.

"괜찮으시다면 이 꽃의 이름을 알려주시겠어요?"

마야는 카산드라의 조언을 기억해내고 최대한 공손하게 말했다. 딱정벌레는 단단한 등껍질에 파묻힌, 매끈매끈 광택이 나는 머리를 움직였다. 머리를 움직이는 일은 상당히 쉬워 보였다. 껍질 안에 꼭 맞아 들어간 머리는 소리 없이 자유롭게 움직였다.

"당신은 아는 게 없나 보군요."

딱정벌레가 그렇게 말하더니 마야의 무지를 비웃듯 무례한 웃음을 터뜨렸다. 마야는 딱정벌레의 태도가 오만하다고 생각했다. 꿀벌들은 더 교양 있고 겸손하니까 그리 생각할 만했다. 하지만 딱정벌레는 좋은 의도로 그렇게 말한 것처럼 보였다. 마야의 양쪽 뺨이 난처함으로 붉게 물들자 딱정벌레가 얼른 태도를 바꾸었기 때문이다. 딱정벌레가 말했다.

"이건 장미입니다. 이제 당신도 이 꽃의 이름을 알게 됐군요. 우리는 나흘 전에 이곳으로 이사 왔습니다. 그리고 이 꽃을 돌보았지요. 그랬더니 꽃이 활짝 피었네요. 가까이 오시겠습니까?"

마야는 머뭇거리다가 걱정을 떨치고 몇 걸음 다가섰다. 딱정벌레가 옅은 색 꽃잎 한 장을 옆으로 젖히자, 안쪽에 방이 보였다. 둘은 나란히 좁은 방 안으로 들어갔다. 방 벽은 연분홍색이었고 향기가 났다. 방 안으로 부드러운 빛이 스며들었다. 마야가 한껏 감탄해서 입을 열었다.

"정말이지 아름답고 매력적이네요. 이 향기가 나를 유혹하는 것 같아요."

마야가 자신의 집을 극찬하자, 딱정벌레도 기분이 좋아졌다. 그는 흡족한 미소를 띠며 말했다.

"자고로 누구든 자신이 어디에 살지는 알아야죠. 옛말에 '사는 곳을 보면 그를 안다'는 말도 있으니까요. 꿀 좀 드시겠어요?"

"와! 꿀을 주신다니 정말 고맙습니다."

마야가 저도 모르게 감탄사를 내뱉었다. 딱정벌레가 고개를 끄덕이고는 한쪽 벽 뒤로 사라졌다. 마야는 찬찬히 주변을 둘러보았다. 붉게 빛나는 부드러운 커튼에다 뺨과 양손을 대고 달콤한 향기도 깊이 들이마셨다. 그리고 이렇게 아름다운 집에 들어와 있다는 사실에 감격했다. 마야는 또 한 번 삶이란 정말 커다란 기쁨이라고 생각했다. 이 집은 모든 층이 포화 상태인 어두운 벌집과 비교조차 되지 않았다. 꿀벌들은 아주 비좁은 곳에서 일하며 산다. 마야에게는 이 고요함이 대단히 소중했다.

그때 갑자기 벽 뒤에서 딱정벌레가 누군가를 크게 꾸짖는 소리가 들렸다. 뒤이어 딱정벌레가 누군가를 거칠게 잡아끌고 쫓아내는 소리가 들렸다. 그러는 와중에 그 누군가가 두려움에 질려 불만을 토로하는 소리도 들렸다. 그 내용은 이러했다.

"그래, 내가 지금 이렇게 혼자 왔으니 당신이 나를 이렇게 대하는 거겠지. 하지만 두고 보라고. 내가 동료들을 데려오면 무슨 일이 일어나는지. 어리석은 자식! 좋아! 지금은 그냥 가지만 곧 후회하게 될 거다."

마야는 날카롭게 울리는 성난 목소리에 깜짝 놀라고 말았다. 성난 누군가가 서둘러 자리를 떠나는 소리가 들렸다. 잠시 후 딱정벌레가 방으로 돌아와 기분이 언짢은 듯 작은 꿀 덩어리를 툭 내던졌다.

"이게 대체 무슨 일이람. 저 불량배들 때문에 어딜 가도 편히 지낼 수가 없으니, 원!"

마야는 배가 고픈 나머지 고맙다는 인사도 잊은 채 재빨리 꿀 덩어리를 한입 가득 넣고 오물거렸다. 딱정벌레는 이마에 맺힌 땀을 닦으며 편하게 숨을 쉬기 위해 위쪽 가슴을 쭉 폈다.

"더대체 우구예요?"

마야가 꿀을 입에 가득 넣고 물었다.

"우선 꿀부터 다 삼키고 말하세요. 도무지 무슨 말인지 이해할 수 없군요."

딱정벌레가 말했다. 마야는 딱정벌레가 시키는 대로 꿀을 삼키려 했지만, 딱정벌레는 마야가 다시 질문할 틈을 주지 않았다. 화가 나서 이야기를 쏟아냈던 것이다.

"방금 다녀간 놈은 개미랍니다. 이놈들은 다른 곤충이 날마다 땀 흘려 모은 식량이 자기들 것인 줄 알아요. 그리고 아무런 말도 없이 제멋대로 남의 창고에 들어오죠. 정말 화가 나요. 이 곤충들 생활 방식에 애초부터 문제가 있다는 걸 몰랐다면 나는 이놈들을 망설임 없이 도둑이라고 불렀을 겁니다."

딱정벌레가 얘기 도중에 갑자기 생각났다는 듯이 마야 쪽으로 몸을 돌렸다.

"이런, 미안합니다. 내 소개를 깜박했군요. 나는 페피입니다. 장미꽃에 붙어 사는 딱정벌레목 꽃무지지요."

"나는 마야예요. 만나서 반갑습니다."

마야가 수줍게 답했다. 그리고 페피를 새삼 찬찬히 살펴보았다. 페피가 여러 번 고개를 숙여 인사할 때마다 더듬이가 작은 갈색 부채처럼 펼쳐졌다. 마야는 그 모습이 매우 마음에 들었다.

"정말 멋진 더듬이네요! 아주 귀여워요."

페피가 우쭐해하며 대답했다.

"그래요? 하긴 다들 그렇게 말하더군요. 뒤쪽도 보실래요?"

"그래도 될까요?"

마야가 말했다. 딱정벌레가 부채처럼 펼쳐진 더듬이를 옆으로 돌려 햇살을 받도록 했다.

"아름답지 않나요?"

페피가 물었다.

"이런 더듬이가 존재한다니! 내 더듬이가 너무 초라하네요."

마야가 대답했다.

"누구나 자신만의 장점이 있는 법이니까요. 당신은 눈이 참 아름다워요. 금색 몸통도 당신에게 잘 어울리고요."

마야가 기뻐서 함박웃음을 지었다. 마야에게 아름답다고 말해 준 곤충은 페피가 처음이었기 때문이다. 마야는 신이 나서 어깨를 들먹이며 냉큼 꿀 덩어리를 다시 집어 들었다.

"이거 정말 맛있네요."

마야가 감탄한 목소리로 말했다.

"마음껏 드세요."

페피가 손님의 식욕에 조금 놀란 듯 대답했다.

“처음 수확한 장미꽃 꿀이랍니다. 하지만 배탈 나지 않게 조심하세요. 목이 마르시면 이슬도 아직 남았으니 말씀만 하세요.”

“고맙습니다. 그런데 괜찮으시다면 저는 이제 날아가 보려고요.”

딱정벌레가 웃었다.

“날고, 또 날고. 당신들 꿀벌의 본능이지요. 저는 그런 불안정한 생활을 이해하지 못하겠어요. 조용히 머물러 지낼 곳도 많지 않습니까? 어떻게 생각하세요?”

“저는 날아다니는 게 좋아요.”

어린 마야가 대답했다. 딱정벌레가 친절하게 붉은 커튼을 열어 주었다.

“제가 바래다 드리죠. 전망대로 사용하는 이파리가 있는데, 거기에서라면 쉽게 날아오를 수 있을 겁니다.”

“오! 말씀은 고맙지만 저는 어디서든 날아오를 수 있어요.”

“저보다 비행 실력이 뛰어나시군요.”

페피가 말했다.

“전 등껍질 아래 날개를 펴는 데 시간이 조금 걸리거든요.”

페피가 마야와 악수를 나누고는 마지막 커튼을 옆으로 젖혔다.

“와, 이렇게나 파란 하늘이라니!”

마야가 소리쳤다.

"잘 지내세요."

"다음에 또 봅시다."

페피는 어린 마야가 떠나는 뒷모습을 지켜보기 위해 가장 높은 곳에 달린 꽃잎에 잠시 동안 머물렀다. 마야는 재빠르게 하늘로 날아올라 금빛 햇살과 맑은 아침 공기 사이로 떠났다. 페피는 조용히 한숨을 쉬고는 생각에 잠긴 채 시원한 장미꽃 받침 안으로 돌아왔다. 이른 아침이지만 날씨가 더웠다. 페피는 아침 노래를 흥얼거렸다. 그의 노랫소리가 붉게 비치는 장미꽃잎과 따스한 햇볕 아래 울려 퍼졌다.

온 세상이 금색과 녹색으로 빛나는
따뜻한 여름이란
내게는 장미꽃이 피어 있는 동안만
아름다운 것
나는 고향도 모르지만
행복은 알고 있지
이렇게 장밋빛 아래서
내 하루를 즐기는 것
나는 세상을 모르지만
세상에서 행복하지

장미꽃이 시들어 떨어지면

나도 따라가야지

바깥에서는 꽃이 만발한 들판 위로 눈부신 여름날이 서서히 모습을 드러내고 있었다.

03

숲속 호수에 사는 곤충들

'이런, 페피한테 인간들에 대해 물어보는 걸 깜박했네.'

어린 마야는 날아가며 생각했다.

'페피처럼 경험이 많은 곤충이라면 나한테 자세한 정보를 알려줬을 텐데…….'

어쩌면 마야는 오늘 직접 인간과 마주칠지도 모른다. 자신감과 명랑함으로 충만한 마야의 반짝이는 두 눈이 넓고 화려한 들판을 내려다보았다. 아래쪽에는 여름에만 볼 수 있는 장관이 펼쳐져 있었다.

마야는 수천 가지 색들이 반짝이는 넓은 정원을 지나쳤다. 그곳에 있던 수많은 곤충들이 마야에게 즐거운 여행을 하고 좋은 경험

을 얻으라는 인사를 건넸다. 꿀벌과 마주칠 때면 마야의 가슴이 조금 두근거렸다. 아무 일도 하지 않고 놀고 있다는 죄책감이 들었고, 혹여나 아는 꿀벌을 만날까봐 두려웠기 때문이다. 하지만 마야는 곧 꿀벌들이 자신에게 아무런 관심도 없다는 사실을 깨달았다.

그때 갑자기 아득히 먼 아래쪽에서 파란 하늘이 반짝였다. 마야는 소스라치게 놀랐다. 너무 높이 날다가 하늘에서 길을 잃지는 않을까 생각했다. 그런데 땅 위에 펼쳐진 하늘 가장자리에 나무의 모습이 비쳤다. 그제야 마야는 그것이 커다랗고 잔잔한 물그릇이라는 사실을 알아채고 황홀감에 사로잡혔다.

푸르고 맑은 물그릇이 고요한 아침 풍경 속에 놓여 있었다. 마야는 신이 나서 물그릇의 수면 가까이 내려가 자신이 날고 있는 모양새를 물에 비추어보았다. 마야의 투명한 날개는 청명하게 반짝이는 유리처럼 빛났으며, 조그만 다리들은 카산드라가 가르쳐준 대로 몸통에 바짝 붙어 있었다. 아름다운 금빛 몸통이 물 위에서 눈부셨다.

"이렇게 물 위를 날고 있으니 천국이 따로 없네!"

마야가 환호했다. 맑은 물에서는 크고 작은 물고기들이 이리저리 헤엄치거나 가만히 떠다녔다. 마야는 물고기들에게 너무 가까이 다가가지 않도록 조심했다. 물고기가 꿀벌에게는 위험한 존재라는 것을 알고 있었기 때문이다.

마야가 건너편 호숫가로 날아가자, 따뜻해 보이는 갈대숲과 마치 녹색 접시처럼 물 위에 떠 있는 거대한 연잎이 시선을 끌었다. 마야는 그중에서 제일 눈에 띄지 않는 연잎으로 가서 앉았다. 그 곁에 있는 키 크고 매끈한 갈댓잎이 햇살 아래 몸을 흔들다가 연잎 위로 그늘을 드리웠다. 연잎 위에는 동그란 햇빛 조각이 두어 개 금화처럼 놓여 있었다.

"멋있다! 정말 예뻐!"

어린 꿀벌이 말했다. 마야는 잠시 몸단장을 했다. 양쪽 팔을 뒤통수에 대고 머리를 뽑을 듯이 앞으로 잡아당겼다. 하지만 너무 세게 잡아당기지 않도록 주의했다. 그냥 먼지만 털어내면 되니까 말이다. 그리고 뒷다리로는 날개를 쓸어내렸다. 날개가 아래로 휘어졌다가 다시 제자리로 돌아가며 눈부시게 빛났다.

그때 검푸른 색을 띤 작은 쇠파리가 마야가 앉은 연잎 위로 내려왔다. 쇠파리는 놀란 표정으로 마야를 쳐다보았다.

"내 연잎 위에서 뭘 하는 거죠?"

쇠파리가 물었다. 마야는 깜짝 놀라 이렇게 말했다.

"그냥 잠깐 쉬다 가려는 것뿐인데, 그래도 되겠죠?"

마야는 카산드라가 해준 말을 떠올렸다. 꿀벌들이 어디를 가든 존경을 받는다는 말이었다. 그래서 마야는 자신도 존경을 받을지 스스로 시험해 보기로 한 것이다. 하지만 저도 모르게 너무 큰 목소리로 딱 잘라 말했기 때문에 마야의 심장이 콩닥거렸다. 마야가 다른 곤충의 지시를 따르지 않을 것 같은 태도를 보이자, 쇠파리는 놀라고 말았다. 결국 쇠파리는 짜증스러운 날갯짓으로 날아올라 연잎 위로 그늘을 드리운 갈댓잎에 앉았다. 그리고 햇빛 사이로 아래를 내려다보며 아까보다 훨씬 공손하게 말했다.

"꿀벌이면 꿀벌답게 일을 하셔야지요. 어쨌든 쉬고 가시겠다니, 그렇게 하세요. 저는 여기서 기다리지요."

"다른 연잎도 많은데요?"

마야가 물었다.

"다 주인이 있거든요."

쇠파리가 대답했다.

"요즘은 아주 작은 땅이라도 얻을 수 있으면 다행이지요. 전 세입자가 이틀 전에 개구리에게 잡아먹히지 않았더라면, 나도 아직 정착할 곳을 찾지 못했을 거예요. 하루는 여기, 또 하루는 저기 묵는 생활도 쉽지는 않답니다. 모든 곤충이 당신네 꿀벌들처럼 체계가 잡힌 국가에서 생활하는 건 아니니까요. 아무튼 갑자기 말을 돌려 죄송합니다만, 내 이름은 한스 크리스토프입니다."

마야는 개구리에게 잡아먹히는 상황이 얼마나 끔찍할지 상상하고 공포에 떠느라 잠시 말을 잇지 못했다. 그러고는 겨우 입을 열어 쇠파리에게 물었다.

"이 호수에 개구리가 많이 사나요?"

마야는 물속에서 누군가가 자신을 쳐다보지 못하도록 연잎 한 가운데로 자리를 옮겼다. 그 모습을 본 쇠파리가 웃었다.

“소용없어요. 개구리는 햇빛이 비치면 연잎 바로 아래서도 상대방을 볼 수 있어요. 햇빛이 얇은 연잎을 투과하니까 말이죠. 아마 지금도 당신이 어디에 앉아 있는지 볼 수 있을 걸요?”

쇠파리가 비웃듯이 말했다. 마야는 연잎 아래 앉아 있던 거대한 개구리가 자신을 발견하고 굶주림에 눈을 번득이며 금방이라도 물 밖으로 튀어나오는 무시무시한 상상에 빠져들었다. 그래서 곧바로 연잎을 떠나 날아가려고 했다. 아무런 준비도 대응도 할 수 없는 끔찍한 일이 일어날까봐 걱정스러웠던 것이다.

그 때문에 처음에는 너무 혼란스러워 무슨 일이 일어나는지 분간하지 못했다. 그저 바람이 시든 잎을 때리는 것처럼 날카롭게 윙윙대는 소리만이 작게 들려왔다. 뒤이어 휘파람으로 노래를 부르는 소리, 사냥감을 노리는 성난 소리가 들렸고, 커다란 그림자가 연잎 위로 휙 지나갔다.

다음 순간, 마야는 너무 놀라 심장이 멎을 뻔했다. 현란하게 빛나는 거대한 잠자리가 불쌍한 한스 크리스토프를 낚아챈 것이다. 가련하게 비명을 지르는 쇠파리는 칼날처럼 날카롭고 커다란 이빨 사이에 물려 있었다. 잠자리는 사냥감을 붙잡은 그대로 갈댓잎 위에 내려앉았다. 그 무게 때문에 갈댓잎이 조금 더 휘어졌다.

마야는 흔들리는 갈댓잎 위에 앉은 곤충 두 마리가 수면 위에 비치는 모습을 바라보았다. 한스 크리스토프의 비명에 가슴이 찢어졌다. 마야는 경황이 없는 와중에도 큰 소리로 외쳤다.

"당신이 누군지는 모르겠지만, 당장 쇠파리를 놔주세요! 당신에게는 그렇게 난폭하게 다른 곤충을 괴롭힐 권리가 없잖아요!"

잠자리가 입에 물고 있던 쇠파리를 풀어주더니 다리로 조심스럽게 붙들었다. 그리고 고개를 돌려 마야를 바라보았다. 마야는 잠자리의 크고 냉정한 눈과 무시무시한 이빨이 달린 턱을 보고 겁을 먹었지만, 반짝거리는 날개와 몸통에는 감탄했다. 마치 물이나 유리, 혹은 보석 같았다. 다만 지나치게 커다란 잠자리의 크기가 두려워서 풀이 꺾인 마야는 몸을 부들부들 떨 수밖에 없었다. 하지만 잠자리는 상냥한 목소리로 말했다.

"어린 꿀벌 씨, 무슨 일인가요?"

"그를 놓아주세요."

마야가 외쳤다. 눈에는 눈물이 고였다.

"그 쇠파리는 한스 크리스토프라고 하고요……."

잠자리가 웃음을 터뜨렸다. 그리고 심드렁하게, 하지만 매우 거만한 태도로 대꾸했다.

"제가 왜요?"

마야가 힘없이 더듬거렸다.

"어, 그러니까, 그 쇠파리는 친절하고 예의바른 신사이고, 그리고 제가 아는 한 당신에게 잘못한 일이 없으니까요."

잠자리가 생각에 잠긴 눈으로 한스 크리스토프를 살펴보았다.

"네, 뭐, 참 작고 귀엽게 생기긴 했네요."

잠자리는 이렇게 말한 다음, 쇠파리의 머리를 물어뜯었다. 그 광경을 본 마야는 엄청난 충격을 받아 정신을 잃을 것만 같았다. 마야는 아무 말도 못한 채, 잠자리가 한스 크리스토프의 검푸른 몸통을 부러뜨리고 와그작와그작 씹어 먹는 끔찍한 소리를 듣고 있을 수밖에 없었다. 잠자리가 한입 가득 쇠파리를 씹으며 말했다.

"그렇게 놀라지 말아요. 그렇게 마음 아파한들 나는 눈 하나 깜짝하지 않으니까요. 당신이라고 더 나은 것도 아니잖아요. 보아하니 아직 어려서 벌집에서 일어나는 일을 잘 모르나 본데, 여름이 되면 벌집에서는 수벌들을 학살하잖아요. 그러면 주변 곤충들이 지금 당신이 그러듯이 분노하죠. 당신네 꿀벌들보다는 내가 나은 것 같은데요."

"다 드셨나요?"

위를 올려다볼 엄두가 나지 않은 마야가 시선을 돌린 채 물었다.

"아직 다리가 하나 남았어요."

잠자리가 대답했다.

"제발 빨리 삼키세요! 그러면 당신 말에 설명을 할 테니까!"

마야가 소리쳤다. 여름에 벌집에서 수벌들이 죽어나가는 이유를 정확히 알고 있었던 마야는 잠자리의 어리석은 말에 화가 났다.

"하지만 이 아래로는 내려오지 마세요. 제 곁에 가까이 오지 마시라고요. 그랬다가는 곧바로 침을 쏠 거예요."

어린 마야는 진심으로 분노했다. 그래서 처음으로 자신의 침에 대해 언급했고, 또한 처음으로 이런 무기를 갖추고 있다는 사실에 감사했다. 잠자리는 눈살을 찌푸렸다. 식사를 끝낸 뒤에는 고개를 숙여 마야를 내려다보았다. 마치 맹수가 먹잇감을 노리며 매복하다가 금방이라도 덮칠 듯한 자세였다.

하지만 어린 마야는 침착했다. 어디에서 그런 용기가 나는지 스스로도 알 수 없었지만, 두려움은 완전히 사라졌다. 마야는 장수말벌이 벌집에 다가왔을 때 파수꾼벌들이 내던 소리와 비슷한 크고 높은 날갯소리를 냈다. 이에 잠자리가 위협적이지만 느린 말투로 말했다.

"잠자리들은 본디 꿀벌들과 서로 도우며 살지요."

"당신도 그 점을 염두에 두고 행동하는 게 좋을 거예요."

마야가 재빨리 대꾸했다.

"그 말은, 내가 당신을 무서워할 거라는 뜻인가요? 내가? 당신을요?"

잠자리가 어이없다는 듯이 물었다. 그러고는 갈댓잎에서 단숨에

훌쩍 뛰어올랐다. 갈댓잎은 휙 하고 원래 자리로 되돌아갔다. 잠자리는 사납고 날카로운 소리를 내며 빛나는 날개를 펼쳐 수면에 닿을 만큼 낮게 날았다. 호수에 비친 잠자리의 모습은 무척이나 멋졌다. 마치 잠자리 두 마리가 유리처럼 빛나는 날개를 펴고 빠른 속도로 유려하게 날아가는 것 같았다. 잠자리 주변으로 은빛 광채가 흘러나오는 듯했다. 그 모습은 어린 마야가 불쌍한 한스 크리스토프 때문에 느꼈던 분노와 모든 위험을 잊을 만큼 우아했다. 마야는 박수를 치며 감격한 목소리로 외쳤다.

"정말 멋있어요! 아름다우세요!"

"나 말인가요?"

잠자리가 놀란 눈치로 묻더니 서둘러 덧붙였다.

"하긴, 내가 봐도 나는 멋지니까요. 어제 시냇가에 누워 있던 인간 몇 명이 나를 보고 감탄하던 모습을 당신이 봤어야 하는데."

"인간이요? 인간을 본 적이 있나요?"

마야가 물었다.

"당연하죠. 그건 그렇고 당신이 엄청난 호기심을 보이는 것 같아서 말하는데, 내 이름은 슈누크입니다. 풀잠자리류에 속한 잠자리 가문의 일원이지요."

마야가 자신의 이름도 소개한 다음 부탁했다.

"인간에 대해서 이야기해 주세요."

잠자리도 마음이 풀린 듯 마야가 앉아 있는 연잎 위로 내려왔다. 마야는 잠자리가 하는 대로 가만두었다. 슈누크가 너무 가까이 다가오지 않으려고 조심한다는 것을 눈치 챘기 때문이다.

"인간도 침이 있나요?"

마야가 물었다.

"원 세상에, 인간이 침으로 뭘 하겠어요? 인간은 침이 없어요. 그 대신 훨씬 더 무서운 무기를 사용하기 때문에 매우 위험한 존재랍니다. 인간을 두려워하지 않는 곤충은 없어요. 특히 두 다리만 보면 명확하게 구분할 수 있는 작은 인간들이 무섭답니다. 이 작은 인간들은 소년이라고 불리지요."

"인간들이 당신을 잡으려고 하나요?"

마야가 흥분한 나머지 숨 가쁘게 물었다.

"그럼요. 이해가 잘 안 되나요?"

슈누크가 자신의 날개를 힐끗 쳐다보고는 말을 이었다.

"날 잡으려고 하지 않는 인간은 거의 본 적이 없어요."

"도대체 왜 그런 거죠?"

마야가 겁먹은 목소리로 물었다.

"인간들이 보기에는 우리가 신기한가 봐요."

슈누크가 겸손한 미소를 지으며 시선을 내리깔았다.

"다른 이유는 모르겠어요. 우리 잠자리 가문 곤충들이 사람 손에

잡혀 끔찍한 꼴을 당하고 결국 죽는 일은 자주 일어난답니다."

"인간에게 잡아먹히나요?"

슈누크가 차분하게 말했다.

"아니요, 그건 아닙니다. 내가 아는 한 인간은 잠자리를 먹지 않아요. 하지만 인간들은 때때로 무언가를 죽이고 싶은 욕구를 느끼는 것 같아요. 그 이유가 무엇인지는 도무지 모르겠지만. 특히 소년이라고 불리는 인간들이 잠자리를 잡아서 오로지 재미만을 위해 날개나 다리를 뜯어내는 일이 발생한답니다. 어떻게 생각하세요?"

"믿을 수가 없군요."

마야가 분노했다. 이에 슈누크가 반짝거리는 어깨를 으쓱했다. 갑자기 그의 얼굴이 폭삭 늙어보였다. 슬픔에 빠져 안색이 새하얘진 잠자리가 말했다.

"솔직하게 말하자면, 저에게 동생이 하나 있었어요. 그 애는 장래가 촉망되는 아이였지요. 다만 조금 경솔했고, 안타깝게도 호기심이 왕성했답니다. 어느 날 동생이 한 소년의 손에 잡혔습니다. 소년이 갑자기 기다란 막대에 붙은 그물을 던져 동생을 잡았지요. 누가 그런 상황을 상상이나 하겠어요?"

"아뇨, 그 누구도 상상할 수 없는 일이군요."

어린 마야가 대답했다. 마야를 바라보면서 잠자리가 다음 말을 이었다.

"그리고 동생의 가슴에 검은 실이 묶였어요. 날개 사이에 말이죠. 그래서 동생은 날 수는 있었지만 도망치지는 못했어요. 불쌍한 내 동생은 자유를 되찾았다고 믿었지만, 그때마다 실이 당겨져 무참하게도 소년 가까이로 끌려가는 자신의 모습을 발견해야 했답니다."

마야가 고개를 저었다. 그리고 슬픔에 빠져 속삭였다.

"정말 상상도 못할 일이네요."

"매일 그때 생각이 납니다. 그 생각이 떠오르지 않는 날에는 꿈에라도 나타나지요. 그날 정말 많은 일이 벌어졌고, 내 동생은 결국 죽었습니다."

"어떻게 죽었나요?"

마야가 진심으로 동정하며 물었다. 슈뉴크는 곧바로 대답하지 못했다. 잠자리의 눈에서 굵은 눈물방울이 흘러나와 뺨을 타고 천천히 떨어졌다.

"동생은 주머니에 처박혔습니다. 어떤 곤충도 견디지 못할 곳에요……."

잠자리가 흐느꼈다.

"그게 뭔가요?"

마야가 주저하며 물었다. 갑자기 새롭고도 무서운 이야기를 한꺼번에 듣다보니 얼른 이해하기가 힘들었다. 슈누크가 설명했다.

"주머니란 인간의 겉 피부에 붙어 있는, 말하자면 저장 창고예요. 그런데 그 안에 뭐가 더 들어 있었는지 아십니까? 아, 내 동생이 얼마나 끔찍한 놈들과 마지막 순간을 보내야 했는지, 당신은 감히 짐작도 못할 겁니다."

"저는 전혀 모르겠어요. 혹시 꿀인가요?"

마야가 떨리는 숨을 내뱉으며 말했다. 슈누크는 매우 중대한 사실을 발표하듯, 하지만 슬픔에 잠긴 표정으로 말했다.

"아뇨, 꿀이 인간의 주머니 안에 들어 있는 일은 거의 없습니다. 그 주머니에 뭐가 들어 있었는지 말씀드리죠. 거기에는 개구리 한 마리, 주머니칼, 그리고 노란 순무가 들어 있었습니다. 어떤가요?"

"소름끼쳐요! 그런데 주머니칼은 뭔가요?"

"주머니칼이란 이를테면 인간이 만든 침이에요. 자연이 인간에게 무기를 주지 않았기 때문에 인간들은 여러 가지를 본떠 스스로 무기를 만들었답니다. 그 개구리는 다행히 서서히 죽어가는 중이었어요. 눈을 하나 잃었고, 다리도 하나 부러졌고, 아래턱까지 빠진 상태였지요. 하지만 내 동생이 주머니에 처박히자마자 개구리가 찌그러진 입을 벌려 이렇게 말했어요. '내 몸이 나으면 곧바로 널 삼켜버릴 테다.' 개구리는 남아 있는 한쪽 눈으로 가엾은 신참을 째려보았습니다. 어두운 감옥으로 들어간 동생에게는 그 눈빛이 얼마나 무섭게 보였을까요. 갑자기 주머니가 흔들려 개구리에게 깔리게 된 동생은 정신을 잃고 말았습니다. 그 애의 날개가 죽어가는 개구리의 차갑고 축축한 몸에 달라붙었지요. 아, 그 비참한 광경은 어떤 말로도 설명할 수 없습니다."

"어떻게 그렇게 자세히 알고 계세요?"

마야가 놀란 나머지 더듬거리며 물었다.

"나중에 그 소년이 배가 고픈지 노란 순무를 꺼내 먹으려다가 내 동생과 개구리를 멀리 던져버렸거든요. 동생의 살려달라는 비명 소리를 듣고 날아가 보니, 동생과 개구리가 가까운 잔디밭에 누워 있더군요. 동생이 내게 모든 이야기를 들려주었고 숨을 거두었습니다. 내가 눈을 감겨주었죠. 동생은 내 목에 팔을 두르고 나에게 작별 키스를 했습니다. 그리고 아무런 한탄도 없이 씩씩하게 죽었답니다. 작은 영웅처럼. 동생의 구겨진 날개가 떨림을 멈추자, 나는 참나무 잎으로 동생을 덮어주었지요. 그런 다음 활짝 핀 로벨리아를 찾아 그 파란 꽃을 동생의 무덤 위에 놓아주었습니다. 그 꽃이 동생의 명예 위에서 시들도록 말이지요. 그때 나는 이렇게 말했습니다. '잘 가거라. 편안하게 잠들렴, 내 어린 동생아.' 그러고는 조용한 저녁 하늘을 가로질러 두 개의 붉은 태양을 향해 날아갔습니다. 저녁 하늘과 호수 위에 각각 태양이 떠 있더군요. 그토록 슬프고 장엄한 기분을 느껴본 이는 아무도 없을 겁니다. 당신도 슬픈 일을 겪어

본 적이 있나요? 그렇다면 다음에 이야기해 주시겠어요?"

"아니요, 나는 여태까지 매 순간 즐겁기만 했답니다."

마야가 대답했다.

"그럼 신께 감사드려야겠군요."

슈누크가 조금 실망한 듯 말했다. 마야가 개구리에 대해 묻자, 슈누크가 목소리를 높여 대답했다.

"아, 개구리요. 그놈이야 당연히 죽었을 겁니다. 죽어 마땅한 놈이지요. 죽어가는 이를 협박하다니, 그런 냉혈한이 어디 있습니까? 땅에 떨어진 개구리는 도망가려고 했지만, 다리 한 쪽과 눈 한 쪽이 말을 듣지 않아 그 자리에서 빙글빙글 돌기만 하더군요. 정말 우스운 꼴이었지요. 나는 '황새가 빨리 나타나기를!'이라고 소리친 후에 다시 날아갔답니다."

"불쌍한 개구리!"

어린 마야가 말했다.

"부탁인데요."

잠자리가 노기 어린 목소리로 말했다.

"그런 심한 말은 말아주세요. 개구리를 불쌍히 여기다니, 자기 날개를 자르는 것이나 다름없다고요. 내가 보기에 당신은 세상 물정을 전혀 모르는군요."

"그럴지도 몰라요."

마야가 대답했다.

"하지만 누군가가 괴로워하는 모습을 보면 마음이 아픈 걸요."

"오, 저런! 그건 당신이 아직 어려서 그래요. 앞으로 차차 배우실 겁니다. 용기를 잃지 말아요, 친구여. 아무튼 나는 이제 볕이 잘 드는 곳으로 날아가봐야겠습니다. 여기는 너무 추워서요. 잘 지내십시오."

슈누크가 위로하듯 말하고는 날아올랐다. 그러자 바스락거리는 소리가 들리고, 수천 가지 색깔이 반짝였다. 흐르는 물이나 투명한 보석처럼 맑고 아름다운 색깔이었다. 슈누크는 녹색 갈대를 가로질러 수면 위로 날아갔다. 마야는 잠자리가 아침 햇살 속에서 노래하는 소리를 들었다. 마치 민요처럼 구슬프면서도 달콤하고 아름다운 노래에 귀를 기울였다. 그런 동안, 어린 마야의 가슴에는 즐거움과 슬픔이 동시에 차올랐다.

아침 해가 건넨 인사가
물결에 전해질 때
조용한 강물이 사랑스럽네

녹색 갈대가 이리저리 흔들리고
하얗고 노란 꽃을 활짝 피운

수련이 떠 있는 곳

따스한 공기와 바람과 강물
날개 위에서 작열하는 태양
가슴에는 기쁨이
아, 내 삶이 길지 않으니
황금빛 여름이여, 고맙다
화창한 오늘을 주어서

"들어 봐! 잠자리가 노래를 부르고 있어."

하얀 나비가 여자 친구에게 말했다. 나비 두 마리는 나풀거리며 마야를 지나쳐 이제 막 활기찬 하루가 시작되어 푸르게 반짝이는 하늘로 날아갔다. 어린 마야도 제 날개를 펼쳐 낮은 소리로 윙윙거리며 은빛 호수에 작별 인사를 건네고는 뭍을 향해 날아갔다.

04

이피와 쿠르트

다음 날 아침, 어린 꿀벌은 파란 초롱꽃 꽃받침 안에서 눈을 떴다. 그때 작지만 소란스러운 웅성거림으로 가득 찬 공기가 전해졌다. 마야는 초롱꽃이 작은 충격을 받아 흔들리는 것을 느꼈다. 꽃받침이 열린 틈으로 잔디와 땅의 촉촉한 향기가 흘러들어왔다. 공기는 조금 차가웠다.

마야는 조마조마한 마음으로 노란 수술에서 꽃가루를 조금 집어 꼼꼼하게 몸단장을 했다. 그러고는 아래쪽으로 매달린 꽃받침 가장자리를 향해 조심스럽게 한 걸음씩 다가갔다. 밖에는 비가 내리고 있었다. 차갑고 풍요로운 비는 나지막한 소리를 내며 땅으로 내려앉았고, 주변 모든 것을 수백만 개의 맑은 은구슬로 뒤덮었다. 잎사귀와 꽃잎에 떨어진 은구슬들은 잔디 사이를 굴러 풀줄기가 만든 좁다란 녹색길을 따라 내려간 뒤, 갈색 땅을 신선하게 적셨다.

마야는 거대하고 깊은 놀라움과 감탄에 빠져 세상이 변하는 모습을 바라보았다. 어린 꿀벌이 인생에서 처음 겪는 비였다. 마야는 비가 내리는 모습이 마음에 들어 행복했지만, 한편으로는 걱정도 되었다. 빗속에서는 절대 날지 말라는 카산드라의 조언이 떠올랐기 때문이다. 마야는 빗방울을 맞아가면서 날개를 움직이기가 매우 어려우리라는 것을 납득했다. 게다가 공기는 몸이 아플 정도로 차가웠다. 마야는 온 세상을 따뜻하고 평화롭게 지켜준 부드러운 금빛 햇살이 그리웠다.

아직 이른 시간이라서 그런가, 잔디밭에서 이제 막 하루를 시작하는 활기찬 소리가 들려왔다. 파란 초롱꽃 안에 안전하게 숨은 채로 마야는 잠에서 깬 다른 곤충들이 분주하게 움직이는 모습을 구경했다. 그렇게 잠시 동안이나마 가슴을 채운 걱정과 향수를 잊을 수 있었다. 높은 곳에 숨어서 아래쪽 풀숲에 사는 곤충들이 생동감 있게 무리지어 다니는 모습을 지켜보자니 참 재미있었다.

하지만 재미는 길지 않았다. 떠나온 고향과 모두가 함께 모여 사는 안전한 벌집이 떠올랐기 때문이다. 꿀벌들은 지금 다 같이 모여

휴일을 즐기면서 벌집 안의 방을 증축하거나 애벌레들에게 먹이를 먹이고 있을 터였다. 비가 오는 날이면 벌집 안은 조용하고 평온했다. 때때로 정찰벌들만이 밖으로 나가서 날씨를 살피고 바람이 불어오는 방향을 알아보았다.

여왕벌은 왕국 안을 돌아다니며 벌집을 층층이 둘러보고 모든 일을 보살폈다. 잘한 일은 칭찬하고 못한 일은 꾸짖은 후에 다시 누워서 알을 낳았다. 여왕벌이 모습을 보이면 모두들 기뻐했다. 여왕의 눈길이라도 한 번 받고 자비로운 말이라도 한 마디 듣는 것이 꿀벌

들에게는 얼마나 행복한 일인지 몰랐다. 여왕벌은 이제 막 첫 임무를 끝낸 어린 꿀벌들의 머리를 다정하게 쓰다듬고 어떤 경험을 했는지 묻기도 했다.

아, 모든 꿀벌들로부터 관심을 받고 공동체의 든든한 보호 아래 평안한 삶을 산다니, 그 얼마나 행복한 일일까? 고향에서 멀리 떨어진 외로운 곳에서 마야는 위험에 처한 채 추위에 떨고 있었다. 비가 그치면 무슨 일부터 시작해야 할까? 그리고 먹이는 어디서 구해야 할까? 초롱꽃 안에서는 꿀을 찾아볼 수 없었다. 꽃가루도 그리 많이 남지 않았다. 마야는 방랑생활이나 유랑생활에 햇빛이 얼마나 중요한지 처음으로 절실히 느꼈다.

'햇빛 없이는 그 누구도 마음이 가벼워지지 못해.'

마야는 생각했다. 햇빛을 떠올릴 때면 마야의 가슴 속에는 기쁨과 은밀한 긍지가 다시 차올랐다. 그것은 자신의 삶을 스스로의 힘으로 시작할 수 있다는 용기였다. 짧은 여행 동안 마야는 적잖은 일들을 보고 겪었다. 다른 꿀벌들은 평생을 살아도 마야가 겪은 일의 일부조차 경험하지 못할 것이다. 마야는 경험이란 인생에서 가장 소중한 재산이며 자신을 희생할 가치가 있는 삶이라고 생각했다.

아래쪽에서 떠돌이 개미 한 부대가 잔디밭을 가로질렀다. 개미들은 노래에 맞춰 발걸음을 옮기며 추운 수풀 속을 헤쳐 갔다. 급한 일이라도 있는 모양이었다. 개미들이 행진하며 부르는 상쾌한 아침 노래가 어린 마야의 가슴에는 애처롭게 울렸다. 마야는 생각에 잠겼다.

이 세상에 머물 짧은 시간이
곧 끝나고 만다네
진정한 도둑들에게는
그런 일이야 아무렴 어떠리

개미들은 저마다 비범한 무기를 들고 있었으며, 매우 대담하고 위험해 보였다. 개미들의 노래가 머윗잎 아래서 울려 퍼졌다. 그런데 개미들은 도둑질이 아니라 올바른 일을 하는 것처럼 보였다. 다 쉬어버린 목소리로 노래를 부르면서 작고 어린 민들레 잎을 이리저리 힘차게 밀치고 있었기 때문이다.

마야는 곧 몸집이 커다랗고 파란 딱정벌레가 기어 나오는 모습을 보았다. 딱정벌레는 마치 검고 빛나는 쇠공을 반으로 가른 듯이 생겼는데, 이렇게 보면 파란색으로, 저렇게 보면 초록색으로, 다시 이렇게 보면 완전히 검은색으로 빛났다. 덩치는 마야보다 두세 배는 더 컸다. 딱정벌레의 단단한 껍질은 절대 깨지지 않을 만큼 튼튼해 보였고, 낮은 목소리에는 위엄이 서려 있었다. 딱정벌레는 개미 부대의 노랫소리 때문에 잠에서 깼는지 기분이 나빠 보였다. 털도 아직 빗지 못한 딱정벌레는 잠과 심술이 덕지덕지 붙은 파랗고 작은 눈을 비볐다. 그러고는 소리쳤다.

"내가 간다. 다들 길을 비켜라!"

마야는 자신이 딱정벌레의 앞을 가로막지 않았다는 사실에 안도했다. 이리저리 움직이는 키 큰 초롱꽃 안에 숨어 있어서 다행이다 싶었다. 하지만 가슴이 조금 두근거렸다. 그래서 마야는 발소리를 죽이며 초롱꽃 안으로 더 깊이 들어갔다.

딱정벌레는 육중한 몸을 건들거리며 젖은 풀을 헤치고 걸어 나왔다. 우아한 등장은 아니었다. 마야가 숨어 있는 꽃 바로 아래쪽의 시든 잎사귀 옆에서 딱정벌레는 걸음을 멈추었다. 그리고 잎사귀를 옆으로 제치더니 뒤로 살짝 물러났다. 그곳에는 동굴로 들어가는 입구가 있었다.

'와, 세상에는 정말 별 게 다 있구나!'

마야가 생각했다.

'정말 상상도 못했어. 세상에서 일어나는 모든 것을 경험하기에는 삶이 너무 짧구나.'

마야는 잠자코 있으려고 애썼다. 빗물이 떨어지는 소리만 나지막이 들려왔다. 그때 딱정벌레가 동굴 안쪽을 향해 외쳤다.

"이봐요, 나와 함께 사냥을 가려면 어서 일어나세요. 벌써 날이 밝았다고요."

딱정벌레는 자신이 먼저 일어났다는 사실에 자부심을 느끼며 재촉하듯 말했다. 그로부터 조금 시간이 지난 후, 구멍 안에서 가늘게 찌르륵거리는 소리가 새어나왔다.

"제발 문 좀 닫아주세요. 비가 들이친단 말이에요."

찌르륵거리는 호소를 들은 딱정벌레가 잎사귀를 다시 덮었다. 하지만 고개를 기울여 옆 틈새로 들이밀고는 투덜댔다.

"부탁인데 서두르세요."

마야는 그 안에서 누가 나올지 몹시 궁금했다. 앞쪽으로 몸을 기울이자, 커다란 빗방울이 어깨에 떨어졌다. 깜짝 놀란 마야는 얼른 물기를 털어냈다. 그때 아래쪽에서 시든 잎사귀가 들리더니 갈색 곤충 한 마리가 천천히 기어 나왔다. 매우 괴상한 모양새였다. 몸통은 볼품없이 말랐고, 지나치게 커다란 머리 위에는 작지만 곧게 뻗은 더듬이가 달려 있었다. 다리는 무척이나 가늘었고 움직임이 느렸다. 그리고 표정에는 근심이 가득했다. 그 곤충은 귀뚜라미였다.

"좋은 아침입니다, 이피 씨! 잘 주무셨나요?"

딱정벌레가 예의를 차려 나긋나긋하게 말했다. 그런 다음 이렇게 덧붙였다.

"나의 가장 소중한 친구여!"

이피는 딱정벌레와 대충 악수를 나누더니 말했다.

"도저히 안 되겠어요, 쿠르트. 당신과 함께 갈 수 없어요. 다른 곤충들이 수군덕댈 거예요."

가여운 딱정벌레는 진심으로 깜짝 놀랐다. 당황한 딱정벌레가 더듬거리며 말했다.

"이해할 수 없군요. 그런 시답잖은 일 때문에 겨우 얼마 전에 결실을 맺은 우리의 우정이 깨져야 한단 말입니까? 다시 생각해 보세요, 이피. 다른 곤충들이 뭐라 하든 무슨 상관입니까? 당신에게는 언제든 원할 때 들어갈 수 있는 동굴이 있잖아요. 깊숙이 들어가면 아무 소리도 들리지 않을 텐데요."

이피가 침울한 미소 후에 고민에 잠긴 표정을 지었다. 그러고는 대답했다.

"쿠르트, 당신은 아무 것도 이해하지 못해요. 나도 나름대로 생각이 있답니다. 말이 나왔으니 터놓겠습니다. 당신은 내 무지를 아주 교묘하게 악용했더군요. 당신은 나에게 자신이 꽃에 붙어사는 딱정벌레라고 소개했지요.

하지만 어제 만난 민달팽이가 당신은 쇠똥구리라고 하더군요. 딱정벌레와 쇠똥구리는 전혀 다른 곤충이 아닙니까? 민달팽이가 당신이 일하는 모습을 봤다고 하더군요. 다시 묘사하고 싶지도 않은 내용이었습니다. 아무튼 그러니 내가 우정을 깨더라도 이해해 주세요."

쿠르트는 놀란 가슴을 진정시켰다. 그러고 나자 곧 분노가 차올랐다. 그가 목소리를 높였다.

"아니, 이해 못하겠습니다. 나는 내 직업이 아니라 나 자신, 그 자체로 사랑받고 싶단 말입니다. 직업만 보고 나를 판단하는 겁니까?"

이피가 소심하게 대답했다.

"똥만 아니었다면 괜찮았을 거예요. 그리고 남편이 뒤쥐에게 잡아먹힌 지 불과 사흘밖에 되지 않은 젊은 과부는 신중해야 한다는 것도 이해해 주셔야 해요. 그럼 잘 지내시길 바랍니다."

말을 마친 이피는 돌풍에 휘말려 날아가 버리기라도 한 것처럼 순식간에 구멍 속으로 사라졌다. 마야는 저렇게 재빨리 구멍 속으로 달아날 수 있는 곤충이 있다니, 하고 놀라움을 감추지 못했다. 이피가 사라지자, 쿠르트는 넋을 잃은 채로 어둡고 텅 빈 구멍을 바라볼 뿐이었다. 그 모습이 너무 멍청해 보여서 마야는 웃음을 터뜨렸다.

쿠르트는 겨우 마음을 가다듬고 슬픔과 분노가 뒤섞인 표정으로 작고 둥근 머리를 내저었다. 더듬이가 비에 젖은 부채처럼 애처롭게 늘어졌다. 쿠르트가 한숨을 쉬었다.

"성품이나 품행을 보고 나를 판단하는 이가 하나도 없구나. 이피는 너무 무정해. 물론 내가 솔직하게 말하지 않고 숨긴 부분이 있지. 그건 사실이야. 하지만 그렇다고 해도 진심으로 내 여자 친구가 될 생각이었다면 이해해줘야지."

마야는 쿠르트의 눈에 그렁그렁 고인 눈물을 보았다. 측은한 마음이 들었다.

그때 갑자기 쿠르트가 몸을 움직였다. 그는 눈물을 훔치더니 이피가 동굴 밖으로 파놓은 것이 분명한 흙더미 뒤쪽으로 조심스럽게 걸음을 옮겼다. 작고 불그스름한 지렁이 한 마리가 풀숲을 헤치고 기어오는 모습이 보였다. 지렁이는 매우 이상하게 움직였다. 몸을 길고 가늘게 늘렸다가 다시 짧고 굵게 움츠렸다. 부드러운 고리가 여러 개 이어진 붉은 몸통이 소리 없이 앞으로 나아갔다.

숨어 있던 쿠르트가 갑자기 뛰쳐나와 지렁이를 붙잡고 물어뜯어 두 동강을 내자, 마야는 소스라치게 놀랐다. 쿠르트는 태연하게 한 토막을 먹기 시작했다. 자신의 팔에 낀 지렁이 토막이 땅바닥에서 격한 몸부림을 쳐도 전혀 신경 쓰지 않았다. 그것은 아주 작은 지렁이였다.

"조금만 참아라, 곧 끝날 테니."

쿠르트가 말했다. 그는 지렁이를 씹으면서 자신의 곁을 영원히 떠난 이피를 다시 떠올리는 것 같았다. 굵은 눈물방울이 뺨 위로 미끄러졌다. 숨어서 그 모습을 지켜보던 어린 마야는 진심으로 딱정벌레를 동정했다.

'세상에는 슬픈 일이 참 많구나.'

그때 쿠르트의 옆에 있던 지렁이의 몸통 반쪽이 허둥지둥 달아나는 모습이 보였다.

"세상에, 어떻게 저럴 수가!"

마야가 소리쳤다. 마야의 목소리가 너무 컸던 탓에 쿠르트도 깜짝 놀라 주변을 둘러보았다.

"저리 비켜라!"

마야의 목소리를 들은 쿠르트가 소리쳤다.

"하지만 나는 당신이 갈 길을 막고 있지 않은데요."

마야가 대답했다.

"도대체 어디 있는 겁니까? 분명 이 근처에 있을 텐데."

쿠르트가 물었다.

"위에 있어요. 당신 위에 있는 꽃에요."

마야가 외쳤다.

"당신 말을 믿도록 하지요. 그런데 나는 메뚜기도 아니고, 그렇게 높은 위쪽을 올려다볼 수 없어요. 그래서 당신을 보지 못하죠. 아무튼, 왜 소리를 지른 겁니까?"

"지렁이 반쪽이 도망갔어요."

마야가 대답했다. 그때서야 쿠르트도 지렁이 반 토막이 도망가는 모습을 보았다.

"그렇군요. 이놈들은 민첩하단 말이죠. 더 이상 입맛이 없네요."

그러면서 쿠르트는 아직 손에 들고 있던 지렁이의 나머지 부분을 던져버렸다. 지렁이의 나머지 부분은 아까 반 토막이 도망친 방향과 반대쪽으로 도망갔다. 마야는 얼이 빠져 그 모습을 바라보았지만, 쿠르트는 지렁이의 생태를 잘 알고 있는 것 같았다.

"내가 늘 벌레를 먹는다고 오해하지는 마세요. 장미가 어디든 피어 있는 꽃이 아니다보니 벌레도 먹어야 한다고요."

"저 작은 토막한테 다른 반 토막이 어디로 갔는지 알려주세요."

마야가 잔뜩 흥분해서 말했다. 쿠르트는 진지한 표정으로 고개를 저었다.

"운명이 갈라놓은 것을 다시 붙일 방법은 없답니다. 그나저나 당신은 누구세요?"

"나는 마야라고 해요. 꿀벌 왕국의 일원이죠."

"잘됐군요. 나는 꿀벌을 싫어하지 않아요. 어째서 그런 곳에 앉아 계시나요? 다른 벌들은 그런 행동을 하지 않는데. 오랫동안 거기 계셨나요?"

"간밤에 여기서 잤어요."

쿠르트가 의심스럽다는 듯이 말했다.

"그랬군요. 모쪼록 편안하게 숙면을 취했기를 바랍니다. 방금 전에 일어났나요?"

쿠르트는 이리저리 움직이며 위를 올려다보려고 애썼다.

"기다리세요. 풀줄기를 잡고 올라가면 당신을 볼 수 있을 것 같군요. 당신도 나를 똑바로 볼 수 있을 거고요. 당신도 그렇게 하는 편이 좋잖아요."

"그럼요. 저도 그게 좋겠어요."

마야가 말했다. 쿠르트는 적당한 풀줄기를 찾아냈다. 미나리아재비 줄기였는데, 꽃이 살짝 옆으로 기울어져 있어서 마야는 쿠르트가 뒷다리로 서서 위를 올려다보는 모습을 잘 볼 수 있었다. 마야는 쿠르트가 매우 부드럽고 귀여운 인상이라고 생각했다. 그다지 젊어 보이지는 않았다. 그리고 쿠르트는 무언가를 물고 있느라 볼이 불룩했다. 쿠르트가 허리를 굽혀 인사하자, 꽃이 조금 흔들렸다. 그는 자기소개를 했다.

"나는 쿠르트입니다. 딱정벌레목 꽃무지 가문의 일원이죠."

어린 마야는 몰래 웃음을 삼켰다. 그도 그럴 것이, 쿠르트가 쇠똥구리라는 사실을 이미 알고 있었기 때문이다. 하지만 쿠르트를 상처 입히기 싫어 그에 관해서는 아무 말도 하지 않았다.

"비가 내려도 아무렇지 않으세요?"

마야가 물었다.

"그럼요. 나는 장미꽃에서 살았기 때문에 비에는 익숙하답니다. 장미꽃밭에는 늘 비가 내리니까요."

마야는 생각했다.

'저런 뻔뻔스러운 거짓말을 하다니, 조금 놀려줘야겠어. 정말 허영심에 가득 찬 곤충이야.'

마야가 웃음을 띠고 조심스럽게 말했다.

"쿠르트 씨, 저 잎사귀 아래에 있는 구멍은 뭔가요?"

쿠르트가 깜짝 놀라 되물었다.

"구멍이요? 어떤 구멍을 말하시는 건가요? 어디에나 구멍은 많으니까, 그 중에 한 구멍이겠죠. 당신은 잘 모르겠지만 땅에는 구멍이 엄청나게 많답니다."

쿠르트는 속으로 매우 당황했다. 그 때문에 아주 무서운 일이 벌어지고 말았다. 흥분을 가라앉히고 아무렇지 않은 척 애쓰던 쿠르트가 균형을 잃어버리고 만 것이다. 마야는 쿠르트가 내지르는 고통스러운 비명을 들었다. 그리고 땅에 등을 대고 쓰러져 팔과 다리를 힘없이 버둥거리는 쿠르트의 가여운 모습을 보았다. 그가 소리쳤다.

"난 이제 끝장이야! 나는 다시 똑바로 일어설 수 없어. 난 죽고 말

거야. 이런 무참한 일은 처음이야."

쿠르트는 큰 소리로 절규하느라 마야가 위로하는 소리도 듣지 못했다. 그리고 자신의 발로 땅을 디디려고 노력했지만 번번이 실패했다. 땅을 제대로 짚었다 싶으면 손에 잡힌 작은 흙덩이가 부서져 버릴 뿐이었다. 그래서 쿠르트는 다시 둥글고 높은 등껍질을 깔고 드러누운 모습이 되었다. 상당히 처량한 모습이라 어린 마야는 쿠르트가 진심으로 걱정되었다. 쿠르트의 얼굴은 창백해졌고, 그의 비명은 가슴을 찢는 것 같았다. 쿠르트가 소리쳤다.

"이 자세를 견디지 못하겠어요. 제발 보지 말아주세요. 죽어가는 이를 그렇게 집요하게 바라보며 고통을 더하지 마시라고요. 아, 내가 풀줄기라도 하나 잡을 수만 있다면, 미나리아재비의 꽃자루라도 하나 잡을 수만 있다면! 공기라도 잡을 수 있다면! 하지만 아무도 공기를 잡지 못하겠지."

어린 마야의 가슴이 연민으로 떨렸다. 마야가 말했다.

"기다리세요. 내가 일으켜드릴게요. 내가 온 힘을 다 하면 가능할 거예요. 쿠르트 씨, 쿠르트 씨, 그렇게 소리 지르지 말고 내 얘기를 들어 보세요. 내가 작은 풀줄기를 아래로 구부려서 당신의 손에 닿게 만들어볼게요. 그러면 일어날 수 있겠죠?"

하지만 쿠르트는 죽음의 공포에 사로잡혀 제정신이 아닌 채로 통곡을 할 뿐이었다. 어린 마야는 보슬보슬 내리는 비에도 아랑곳하지 않고 숨어 있던 곳에서 나와 땅으로 내려갔다. 그리고 쿠르트의 옆에 선 가느다란 풀줄기를 발견했다. 마야가 풀줄기의 끝자락에 매달리자, 풀줄기가 마야의 몸무게 때문에 아래로 휘어져 버둥거리고 있는 쿠르트의 코앞까지 내려갔다. 마야는 환호성을 질렀다.

"꽉 잡으세요!"

마야가 소리쳤다. 쿠르트는 무언가가 얼굴에 닿자 서둘러 그것을 붙잡았다. 처음에는 한 손으로, 곧이어 두 손으로, 나중에는 화려하고 날카로운 발톱이 각각 두 개씩 달린 다리까지 동원해서 그것을 꽉 붙들었다. 그러고는 풀줄기를 따라 천천히 아래로 이동해서 풀의 뿌리 부근까지 다다랐다. 뿌리 근처가 훨씬 튼튼하고 굵었기 때문에 쿠르트는 다시 몸을 뒤집을 수 있었다. 그가 안도의 한숨을 내쉬었다.

"어휴, 세상에나! 정말 죽을 뻔했네. 내가 정신을 똑바로 차리고 침착하지 않았더라면 당신의 쓸데없는 수다나 듣다가 죽고 말았겠지요."

"이제 좀 괜찮으신가요?"

어린 마야가 물었다. 쿠르트가 자기 이마를 짚으며 말했다.

"괜찮습니다. 아무튼 고마워요. 어지럼증이 조금 가시면 자세히 이야기해 드릴게요."

하지만 어린 마야는 쿠르트의 대답을 더 이상 들을 수 없었다. 수

풀을 헤치고 종달새가 날아들었기 때문이다. 종달새는 벌레 사냥을 하던 중이었다. 어린 꿀벌은 땅바닥에 몸을 납작하게 붙이고 새가 다른 곳으로 날아갈 때까지 숨죽여 기다렸다. 새가 날아가고 마야가 옆을 봤을 때, 쿠르트는 사라지고 없었다. 마야는 몸을 일으키고 날아올랐다. 어느새 비가 개어 밝고 따스한 하루가 시작되고 있었다.

05

메뚜기

정말 화창한 날이었다. 이른 아침에는 이슬이 내리고, 이윽고는 태양이 숲 위로 떠올랐다. 햇살이 녹색 풀숲으로 비스듬히 내리쬐자 이슬방울이 영롱하게 반짝였다. 그 광경을 보면 누구라도 황홀경에 넋을 잃고 어쩔 줄 몰라 했을 것이다.

어린 마야가 잠에서 깨었을 때 주변에서 커다란 함성 소리가 들렸다. 어떤 소리는 높은 나무 위에 앉은 무시무시한 새들이 내는 노랫소리였다. 무서운 새들이지만 목소리만은 아름다웠다. 어떤 소리는 벌레들이 날아가며 내는 소리, 또 어떤 소리는 수풀과 잔디에 사는 딱정벌레, 나비, 크고 작은 파리들이 내는 소리였다.

마야는 한 나무 구멍 안에서 안락하게 지내고 있었다. 그곳은 안

전하고 물기가 없었으며, 구멍 입구로 하루 종일 햇볕이 내리쬐었기 때문에 밤이 와도 오랜 시간 따뜻했다. 저번에는 아침 일찍부터 딱따구리가 나무줄기를 쪼아대는 소리가 들려 재빨리 도망친 적이 있었다. 문제의 소리는 나무 구멍에 숨어 사는 작은 곤충들에게 아주 큰 두려움을 안겨주었다. 인간들이 밤에 창문을 깨고 들어오는 도둑이 내는 소리를 듣고 놀라듯이 말이다. 하지만 밤에는 매우 안전했다. 마야가 숨어 있는 높은 곳까지는 아무도 찾아오지 않았기

때문이다.

마야는 안쪽에 있는 쪼개진 틈에 작은 벌꿀 창고를 만들었다. 그 장소는 어둡고 축축했다. 비가 오는 날을 대비해 벌꿀 창고에 식량을 비축해둔 것이다. 숲속 작은 성, 자신만의 공간으로 들어가는 입구에는 밀랍을 조금 발라 자신의 몸이 손쉽게 드나들 수 있을 만큼만 구멍을 내었다.

그날 아침 마야는 밝은 목소리로 환호하며 활기차게 날아올랐다.

그러고는 이 화창하고 새로운 날이 어떤 경험을 가져다줄지 기대하면서 햇빛 사이로 나아갔다. 마야는 황금빛 하늘로 곧장 날아갔다. 남들의 눈에는 마치 작은 점이 바람에 떠밀려 빠른 속도로 이동하는 것처럼 보였다. 마야가 소리쳤다.

"나는 오늘 인간을 만나게 될 거야! 이렇게 좋은 날엔 인간들도 자연을 즐기기 위해 밖으로 나오겠지!"

마야는 그날처럼 많은 곤충들과 마주친 적이 없었다. 곤충들은 저마다 혼자, 혹은 무리를 이루어 윙윙거리며 날아다니거나 웃고 탄성을 질렀다. 누구든 함께 어울려 즐거워하는 분위기였다.

어린 꿀벌은 다양한 꽃과 식물이 자라는 풀숲으로 내려갔다. 작고 하얀 꽃이 한데 뭉친 것 같은 아킬레아가 불쑥 솟아나 있었고, 새빨갛게 빛나는 양귀비가 시선을 잡아끌었다. 마야는 매발톱꽃에서 꿀을 조금 따서 다시 날아가려고 했다. 그러다가 꽃 위로 휘어진 풀줄기에 희한하게 생긴 곤충이 매달려 있는 것을 발견하고 화들짝 놀랐다. 그처럼 비쩍 마른 녹색 괴물 같은 곤충은 처음 보았기 때문이다.

하지만 곧 억누를 수 없는 호기심을 느낀 마야는 그 자리에 못 박힌 듯 앉아서 기묘한 꺽다리 곤충을 관찰했다. 그 곤충은 마치 뿔이 달린 것처럼 보였는데, 자세히 보니 그것은 뿔이 아니라 툭 불거진 이마였다. 이마에는 매우 길고 실처럼 가느다란 더듬이 두 개가 돋아 있었다. 가냘픈 몸통에는 앙증맞은 앞다리가 붙어 있었고, 등에는 매우 얇아 거의 눈에 띄지 않는 날개가 달려 있었다. 마야의 눈에는 별 쓸모가 없어 보이는 앞다리와 날개였다.

하지만 가장 놀라운 부위는 바로 거대하고 기다란 한 쌍의 뒷다리였다. 마치 키 큰 죽마를 구부려 돌출되도록 만든 모양새였다. 그의 온몸은 초록색이었고, 교활해 보이는 눈에는 장난기가 가득 서려 있었다. 하지만 심술궂다기보다는 온화해 보였다.

"이봐요, 아가씨."

메뚜기가 마야의 표정에 비친 놀라움을 보고는 기분이 상한 듯 말했다.

"메뚜기 처음 봅니까? 아니면, 거기서 알이라도 낳고 있는 거요?"

마야가 성난 목소리로 대답했다.

"어떻게 그런 말을? 어떻게 그런 생각을 하실 수 있죠? 만약 내가 알을 낳을 수 있더라도, 나는 그러지 않을 거예요. 그건 함부로 침범해서는 안 되는 여왕님의 신성한 의무니까요!"

메뚜기는 몸을 약간 움츠리더니 묘사하기 힘들 만큼 우스꽝스러운 표정을 지었다. 화가 잔뜩 난 마야조차 웃음을 터뜨릴 정도였다.

"아가씨!"

메뚜기가 큰 소리로 외치더니 이번에는 자기가 웃음을 터뜨리고 말을 이었다.

"그럴 리가요! 당신도 알을 낳을 수 있어요."

마야는 그 이상한 곤충의 태도를 도저히 참지 못하고 퉁명스럽게 말했다.

"그럼 왜 웃으세요? 게다가 내가 알을 낳을 수 있다니요? 하물며 이런 잔디밭에서요?"

그 순간 무언가가 딱 부러지는 소리가 나더니 메뚜기가 "아이쿠!" 하고 소리 질렀다. 다음 순간 메뚜기가 사라졌다. 마야는 놀라서 입을 떡 벌렸다. 메뚜기가 날개를 쓰지 않고 커다란 반원을 그리며 공중으로 높이 뛰어오른 것이다. 마야가 보기에는 거의 미친 짓에 가까운 무모함이었다.

그러나 메뚜기는 다시 돌아왔다. 마야는 메뚜기가 어느 방향에서 다시 나타났는지 보지 못했다. 아무튼 메뚜기는 마야의 옆에 있는 매발톱꽃 이파리에 앉아 있었다. 메뚜기가 마야의 몸을 사방에서 이리저리 살폈다. 그러고는 거만하게 말했다.

"이런, 보아하니 당신은 알을 낳지 못하겠군요. 그럴 수가 없겠어요. 산란 기관이 없으니까요."

"산란 기관이 없다니요?"

마야는 날개로 가린 몸을 살짝 돌려 메뚜기 쪽으로 고개만 빠끔히 내밀었다.

"말 그대로예요. 거기서 떨어지지 않게 조심하세요, 아가씨. 그나저나 당신은 말벌이죠? 그렇지 않습니까?"

마야는 태어나서 지금까지 그렇게 심한 모욕을 당한 적이 없었다.

"이런 젠장!"

마야가 소리쳤다.

"아이쿠!"

메뚜기가 다시 외치더니 이번에도 어디론가 사라졌다.

"정말 짜증나는 작자야!"

마야는 그렇게 말하고 다른 장소로 날아갈 채비를 했다. 아무리 생각해도 그렇게 무례한 말은 처음이었다. 말벌과 자신을 혼동하다니, 마야에게는 엄청난 치욕이었다. 말벌이란 아무런 쓸모도 없는 무뢰배이자 강도이자 부랑자들이 아닌가! 정말 불쾌한 일이었다.

그런데 어느새 메뚜기가 다시 돌아왔다. 메뚜기는 "아가씨" 하고 마야를 부르며 천천히 몸을 돌렸다. 기다란 뒷다리가 마치 6시 25분을 가리키는 시곗바늘 같았다.

"아가씨, 내가 얘기를 나누다가 갑자기 중단하고 어디론가 사라져도 용서하세요. 난 갑자기 발작을 일으키거든요. 발작이 일어나면 나는 높이 뛰어 올라야 해요. 어디로 가든 상관없이 온 세상을 뛰어다녀야 하죠. 당신은 그런 적이 없나요?"

메뚜기는 입이 귀에 걸릴 정도로 활짝 웃어 보였다. 그 모습을 본 마야도 웃을 수밖에 없었다. 메뚜기가 마야를 격려하듯 고개를 끄덕이고 말했다.

"어서 말해 봐요."

"당신은 누구신데요? 정말 정신없는 분이시군요."

"온 세상 곤충이 다 저를 알죠."

녹색 곤충이 대답하고는 다시 한 번 헤벌쭉 웃었다. 마야가 여태까지 본 적이 없는 미소였다. 마야는 메뚜기가 하는 말이 진담인지 농담인지 알 수 없었다.

"저는 여기 처음 왔어요."

마야가 상냥하게 대답했다.

"그렇지 않았다면 분명히 나도 당신을 알았을 거예요. 하지만 제가 꿀벌 왕국의 일원이라는 점은 반드시 기억해두세요. 말벌은 절대 아니라고요."

"참나, 그게 그거 아닌가요?"

메뚜기가 말했다. 마야는 너무 화가 나서 말문이 막혔다.

"당신은 정말 무식하군요!"

마야가 겨우 쏘아붙였다.

"말벌을 자세히 관찰해 보시라고요."

"뭐 하러 그래야 하죠? 어차피 내가 보기에는 큰 차이도 없는데, 그걸 알아서 뭐에 쓰냐고요. 당신은 공중을 날아다니면서 당신에게 가까이 오는 것은 무엇이든 침으로 쏘지요. 그리고 뛸 수 없죠. 말벌도 마찬가지잖아요. 도대체 차이점이 뭡니까? 아이쿠!"

역시나 외침과 함께 메뚜기가 사라졌다.

'이제 진짜 날아가야지.'

마야가 생각했다. 그때 메뚜기가 다시 나타났다.

"아가씨, 내일 쥔데피크 목사네 정원에서 높이뛰기 시합이 있어요. 보고 싶으시면 무료입장권을 한 장 드릴까요? 내 마누라가 입장권을 두 장 더 가지고 있는데, 입바른 말만 해 주면 한 장 줄 겁니다. 내가 최고 기록을 깰지도 몰라요."

"나는 뛰어오르는 일에는 관심이 없어요. 날 수 있는 곤충은 더 고상한 일에 관심을 가진답니다."

마야가 짜증을 억누르지 않고 대답했다. 메뚜기가 히죽 웃었다. 마치 '히죽'이라는 소리가 들릴 것 같은 웃음이었다.

"아가씨, 자신을 과대평가하지 마세요. 이 세상에는 날 줄 아는 동물이 아주 많지만, 뛸 줄 아는 동물은 매우 드물어요. 요즘 모든 동물들이 어떤 것에 관심을 보이는지 당신은 전혀 모르고 있군요. 인간들조차도 우아한 모습으로 높이 뛰고 싶어 안달이랍니다. 얼마 전에 쥔데피크 목사는 1미터나 뛰어올랐어요. 앞으로 지나가던 작은 뱀이 감탄하도록 만들려고 말이죠. 목사는 뛰지 못하는 모든 존재를 경멸한답니다. 그래서 뛰지 못하는 동물을 마주하면 모든 목사들의 필수품인 담배 파이프까지 집어던질 지경이지요. 뛴다는 것이 얼마나 명예로운 일인지 아시겠죠? 우리 가문 소속인 어떤 메뚜기들은 자기 몸길이보다 300배나 높이 뛰었다니까요! 거봐요, 당신도 지금 놀라서 아무 말도 못하고 있잖아요. 그리고 속으로는 아까 한 말이나 더 우기려던 말을 후회하고 있겠죠. 자기 몸길이보다 300배 높이 뛰다니! 누가 그런 일을 할 수 있겠습니까? 세상에서 가장 큰 동물인 코끼리도 그렇게는 못 한다고요. 어때요? 역시 아무 말이 없으시네요! 내 얘기를 들으면 입을 다물게 될 거라고 했잖습니까!"

"당신이 계속 떠드니까 아무 말도 못한 거죠!"

마야가 소리쳤다.

"이제 말해 보세요."

메뚜기가 상냥하게 말하더니 또다시 "아이쿠!"라고 소리치고 어디론가 사라졌다. 마야는 화가 났으면서도 웃음을 터뜨릴 수밖에 없었다. 여태까지 이런 곤충은 만난 적이 없었다. 이 메뚜기는 장난스러운 행동으로 상대방을 당황스럽게 만드는가 하면, 갑자기 사라져서 놀래기도 하고, 어마어마한 지식을 자랑하기도 했다. 마야는 높이뛰기에 관해서는 메뚜기와 견해가 달랐지만, 짧은 시간 동안 대화를 나누며 알게 된 새로운 사실에는 적잖이 감탄했다. 만약 이 메뚜기가 조금 더 믿음직스러운 곤충이었다면, 마야는 그에게 이것저것 질문을 던졌을 터였다.

'세상물정을 잘 모를 것같이 생긴 곤충이 많은 일을 경험할 수도

있구나.'

마야는 생각했다.

'그러고 보니 메뚜기가 인간의 이름을 알고 있던데, 그렇다면 인간의 말도 이해하는 걸까?'

마야는 메뚜기가 다시 돌아오면 물어봐야겠다고 마음먹었다. 그리고 인간에게 가까이 다가가면 어떤지, 인간의 집 안에 들어가 본 적이 있는지 물어봐야겠다고 생각했다.

"아가씨!"

메뚜기가 마야의 옆에서 소리쳤다. 풀줄기가 흔들렸다.

"이런, 세상에! 도대체 매번 어디서 나타나는 거예요?"

마야가 물었다.

"이 근처에서요."

메뚜기가 대답했다.

"말도 안 돼! 그럼 당신 자신도 어디로 가는지 어디에서 오는지 모르면서 무작정 뛰어다니는 건가요?"

"당연하죠. 또 뭐가 필요하겠어요? 당신은 미래를 볼 수 있나요? 아무도 미래를 볼 수 없어요. 물론 비 오기 전에 우는 청개구리는 앞날을 볼 수 있습니다만, 자신도 어떻게 그것이 가능한지 모른다더군요."

"당신이 알고 있는 지식이 정말 대단하네요. 인간의 말도 이해하

시나요?"

어린 마야가 물었다.

"그건 대답하기 어려운 질문이네요, 아가씨. 인간들한테도 언어가 있는지 여부는 아직 밝혀지지 않았거든요. 인간들은 가끔 소리를 내긴 하는데, 아무런 억양이 없어서 참 듣기 싫답니다. 어쨌든

인간들끼리는 의사소통이 가능해 보이더군요. 제발 누군가가 인간들이 듣기 좋은 소리를 좀 내도록 만들었으면 좋겠어요. 나는 예전에 어떤 소년 두 명이 풀줄기를 손가락에 끼우고 입에 댄 다음 공기를 부는 모습을 본 적이 있어요. 휘익, 하고 귀뚜라미와 비슷한 울음소리가 나더군요. 물론 귀뚜라미보다 훨씬 못했지만. 아무튼 인간들도 나름대로 소리를 냅니다. 더 알고 싶은 것이 있나요? 나는 무엇이든 알고 있어요."

메뚜기가 마야를 보면서 또 다시 히죽 웃는 소리가 들릴 것 같은 미소를 지었다. 그러나 다음 순간 갑자기 뛰어올라 어디론가 사라진 메뚜기는 다시 돌아오지 않았다. 마야는 잠시 메뚜기가 돌아오기를 기다렸다가 날아올랐다. 그리고 풀숲이나 꽃 속을 찾아보았지만, 메뚜기를 다시 만나지 못했다.

06

푸크

아름다운 여름날, 한낮의 열기 때문에 마야는 금방 피곤해졌다. 햇볕 쨍쨍한 정원 풀숲 옆으로 느릿느릿 날아간 마야는 거대한 밤나무의 너른 잎 아래에서 더위를 피했다.

밤나무 아래에는 식탁과 벤치가 놓여 있었는데, 인간들이 서늘한 그늘 속에서 웃고 떠들려고 차려놓은 것이 분명했다. 근처 농가에서는 빨간 기와지붕이 반짝였고, 굴뚝에서 나온 푸르스름한 연기는 햇살 줄기를 타고 위로 올라갔다.

어린 꿀벌은 드디어 인간과 만나게 될 것 같았다. 인간의 영역에까지 들어오고야 말았기 때문이다. 마야가 생각하기에 밤나무는 인간들의 소유물이고, 그늘 아래 놓인 이상한 나무 기구들도 인간들의 물건이었다.

마야가 인간과 만나는 생각으로 골똘해 있을 때, 옆에서 윙윙거리는 소리가 들렸다. 그리고 곧 파리 한 마리가 마야가 앉은 잎사귀 위로 내려왔다. 파리는 녹색 잎맥 위를 이리저리 돌아다녔다. 보폭이 작고 발걸음이 잽싸서 다리가 보이지 않을 지경이었다.

남들이 보기에 마치 빠른 속도로 미끄러지는 것 같았던 파리는 커다란 손가락 모양 나뭇잎 한 구석에서 다른 나뭇잎으로 날아갔다. 그 움직임 또한 눈에 보이지 않을 만큼 빨라서 파리가 날아갔다기보다 재빠르게 뛰어오른 것처럼 보였다. 하지만 그저 그렇게 보였을 뿐이다. 파리는 잎사귀의 어떤 부분이 가장 편안한지 찾고 있는 것 같았다.

때때로 파리는 공중으로 살짝 날아오르기도 했다. 그때마다 격렬한 날개 소리가 울려서 마야는 천지가 개벽하는 엄청난 소동이라도 일어난 줄 알았다. 파리는 다시 잎사귀 위로 내려와 마치 처음 보는 곳에 온 듯 이리저리 쏘다녔다. 그러다가 갑자기 깜짝 놀라서 몸이 굳은 것처럼 가만히 멈추기도 했다.

마야는 햇살 아래서 파리가 하는 행동을 가만히 지켜보았다. 그리고 파리에게 가까이 다가가 예의 바르게 물었다.

"안녕하세요? 좋은 하루입니다. 제 잎사귀 위에 어서 오세요. 보아하니 당신은 파리인 것 같네요."

"파리가 아니면 뭐겠어요? 저는 푸크라고 합니다. 지금 무척 바빠요. 날 쫓아내려는 건가요?"

작은 파리가 물었다.

"아니에요. 당신을 만나게 되어 기뻐요."

마야가 대답했다.

"그렇겠죠."

푸크가 그렇게 말하더니 자기 머리를 뽑으려고 했다.

"이런 세상에나! 그러다 다쳐요!"

마야가 소리쳤다. 이에 푸크가 태연하게 대꾸했다.

"당신은 이해하지 못하겠지만, 이렇게 해야 돼요."

푸크는 발로 날개를 붙잡고는 몸통 쪽으로 깊숙이 휘어지도록 당겼다.

"그나저나 나는 집파리입니다. 여기에는 피서하러 왔어요."

푸크가 은근히 자랑하는 듯이 말했다.

"와, 집파리라면 인간들을 잘 알고 계시겠네요?"

어린 꿀벌이 기쁨에 차서 소리쳤다.

"인간들이라면 내 손바닥 안이죠."

푸크가 별 일 아니라는 듯이 툭 내뱉었다.

"난 매일 인간들 위에 앉아 있으니까요. 당신은 인간을 잘 모르나요? 꿀벌들은 똑똑한 곤충이잖아요. 적어도 자신들이 똑똑하다고 믿는 곤충이죠."

"나는 마야라고 해요."

마야가 조금 수줍어하며 말했다. 마야는 다른 곤충들이 어쩌면 그렇게 자부심이 넘치고, 확신에 차 있으며, 때때로 뻔뻔한지 도무지 이해할 수 없었다.

"당신 이름이야 아무렴 어떻겠어요. 어차피 이러나저러나 멍청한 것을."

푸크가 딱 잘라 말했다. 그러면서 금방이라도 발사될 것 같은 대포처럼 앉아 있었다. 머리와 가슴은 잔뜩 치켜들고, 배 꽁무니는 잎사귀 위에 착 붙인 채였다. 갑자기 몸을 잔뜩 움츠릴 때는 다리가 하나도 없는 곤충처럼 보였다.

"조심하세요. 큰일이 나기 전에 조심해야 돼요."

푸크가 중얼거렸다. 하지만 어린 꿀벌은 조금 전 집파리가 한 모욕적인 말 때문에 속이 부글부글 끓어오르는 중이었다. 참다못한 마야는 번개처럼 푸크에게 달려들어 목덜미를 잡고 단단히 내리눌렀다.

"꿀벌들에게 예의를 차려야 한다는 걸 가르쳐주겠어요!"

마야가 소리쳤다.

"찌르지 마세요!"

푸크가 비명을 질렀다.

"당신이 할 줄 아는 공격은 그것뿐이겠죠. 하지만 찌르지 마세요. 제발 꽁무니를 저리 치워주세요. 그 안에 침이 들어 있잖아요. 나를 놔주세요. 당신이 원하는 건 뭐든지 할게요. 농담인데 왜 그러세요? 당신네 꿀벌들은 가장 존경받는 곤충이죠. 힘도 가장 세고, 숫자도 많고요. 제발 나를 죽이지 말아주세요. 나중에 후회해도 소용없어요. 나 참, 내 유머를 이해하는 곤충이 아무도 없다니!"

"좋아요. 당신을 살려주죠. 대신 인간에 대해 알고 있는 모든 걸 설명해줘요."

마야는 속으로 파리를 조금 업신여기면서 말했다.

"기꺼이 그렇게 하겠어요. 사실 애초부터 그렇게 할 생각이었다고요. 이제 놔주세요."

마야가 푸크를 놔주었다. 그와 동시에 파리의 이야기 따위는 듣지 않아도 되겠다는 생각이 들었다. 마야는 파리를 더 이상 신뢰하거나 존중하지 않았다.

'이런 비열한 곤충이 경험한 이야기를 들어봤자 나처럼 진중한 곤충에게는 아무런 도움도 안 될 거야. 인간의 특성이 어떤지 진짜로 알려면 내가 직접 봐야 해.'

마야에게 혼줄이 난 작은 파리는 상당히 얌전해진 상태였다. 푸크는 작은 소리로 투덜거리면서 더듬이와 날개, 그리고 검은 몸통에 돋은 솜털을 문질러 다듬었다. 마야가 세게 붙잡았던 탓인지 온몸이 헝클어져 있었다. 마지막으로 푸크는 기다란 주둥이를 연신 폈다 오므렸다 했다. 마야는 여태까지 그런 주둥이를 본 적이 없었다.

"주둥이가 삐었어요! 내 주둥이가 완전히 삐끗했다고요!"

푸크가 고통스럽게 소리쳤다.

"당신이 갑자기 흥분해서 화를 내는 바람에 이렇게 됐잖습니까! 이걸 좀 보라고요. 아래쪽 빨판이 찌그러진 쟁반 꼴이잖아요!"

"당신 입엔 빨판도 있어요?"

마야가 물었다.

"당연한 거 아닙니까? 아무튼 인간에 대해 알고 싶은 내용이 뭔가요? 내 주둥이는 곧 괜찮아질 거예요. 음, 우선은 내가 살면서 경험한 것들 중 가장 멋진 이야기를 들려드리죠. 나는 인간들 사이에서 자랐으니 당신이 원하는 이야기를 할 수 있을 겁니다."

"인간들 사이에서 자랐다고요?"

"그럼요. 우리 어머니가 인간들이 사는 방 구석진 곳에 알을 낳았고, 내가 그 알에서 부화했으니까요. 나는 그 방 커튼 뒤에서 첫 걸음마를 배웠어요. 그리고 실러에서 괴테까지 날면서 처음으로 내 날개의 힘을 시험했답니다."

마야는 실러와 괴테가 무엇인지 물었다. 푸크는 거만한 태도로 그들이 누구인지 설명했다. 푸크의 말에 따르면, 그것은 매우 훌륭한 인물이었던 것 같은 두 사람의 동상이었다. 두 동상은 방 안에 놓인 거울 아래 오른쪽과 왼쪽에 서 있었는데, 아무도 주목하는 이가 없었다. 마야는 거울이 무엇인지, 그리고 동상 두 개가 왜 거울 아래 서 있었는지 물었다.

"거울은 배를 비춰볼 수 있는 도구랍니다. 그 위를 기어 다니면 내 배를 볼 수 있어요. 매우 즐거운 일이지요. 인간은 거울을 보면서 머리카락을 만지거나 수염을 잡아당겨요. 혼자 있으면 거울을 보면서 웃기도 하죠. 그런데 다른 인간이 방에 들어오면 심각한 표정을 지어요. 대체 왜 그러는지 도무지 이유를 밝혀낼 수 없더군요. 그냥 불필요한 장난이겠죠. 태어나고 며칠 동안 거울 때문에 얼마나 고생했는지 몰라요. 그쪽으로 날아가다가 세게 튕겨져 나왔거든요."

마야는 거울에 대해 몇 가지 더 물었지만, 그것은 푸크가 대답하기 어려운 질문이었다. 푸크가 마침내 입을 열었다.

"흠, 그러니까…… 반짝이는 수면 위를 날아본 적 있죠? 거울은 수면이랑 비슷하답니다. 다만 거울은 아주 단단하죠."

작은 파리는 마야가 자신의 이야기를 경청하고 자신의 경험에 관심을 보이자, 아까 전보다 훨씬 친근한 태도를 보였다. 마야 또한 푸크의 말을 전부 믿지는 않았지만 조금 전에 푸크를 업신여겼던 것을 반성했다.

'첫인상과 달리 똑똑한 곤충도 많구나.'

마야는 생각했다. 푸크가 말을 이었다.

"인간의 언어를 이해하기까지 시간이 꽤 걸렸어요. 인간과 어느 정도 친해지지 않으면 말을 배우기가 어렵거든요. 나도 이제야 겨우 인간이 하는 말을 알아듣는답니다. 중요한 내용은 아니에요. 인간들은 매일 똑같은 말을 하거든요."

"이해가 안 되네요. 인간들은 늘 엄청난 호기심을 갖고 있잖아요. 생각도 많고, 행동도 대범하고요. 카산드라한테 들었는데, 인간은 하루 종일 날아도 다 보지 못할 정도로 거대한 도시를 건설하고, 우리 여왕벌이 혼인비행을 할 때 날아오르는 높이만큼 높은 탑을 짓고, 물 위에 떠다니는 집도 만든다던데요. 그리고 은빛이 나는 좁은 길을 두 개 만들어 그 위로 새보다 빨리 활강하는 물체도 세우고요."

"잠깐!"

푸크가 힘차게 외쳤다.

"대체 카산드라가 누굽니까? 제가 여쭤도 된다면 말이죠. 카산드라가 누군가요?"

"아, 그분은 내 교관님이에요."

"교관님이라고요?"

푸크가 비웃듯이 되풀이했다.

"아마도 꿀벌이겠죠? 꿀벌 외에 인간을 그렇게 높이 평가하는 곤충은 없으니까요. 카산드라인지 뭔지, 잘 모르겠습니다만, 아무튼 그분은 역사 지식이 하나도 없나보네요. 당신이 조금 전에 말한 인간의 물건들은 우리 곤충에게는 아무런 가치도 없는 것들뿐입니다. 당신처럼 세상 물정에 어두운 곤충이 또 있을까요? 파리가 이 세상을 지배하고 있다는 사실조차 모르고 있다니. 파리는 가장 널리 퍼져 있고 가장 중요한 역할을 하는 곤충 종족입니다. 이런 기본적인 지식도 없다면 세상을 제대로 배울 수 없어요."

푸크는 흥분했는지 잎사귀 위를 이리저리 돌아다니더니 자신의 머리를 잡아당겼다. 마야는 그 모습을 걱정스러운 표정으로 쳐다보았다. 어쨌든 어린 꿀벌은 이 파리로부터 재치 있고 유용한 이야기를 많이 듣기는 어렵다는 것을 깨달았다.

"내 말이 옳다는 걸 어떻게 하면 당신에게 증명할 수 있을까요?"

푸크는 그렇게 말하며 양손을 배배 꼬기라도 하듯 마구 비벼 문질렀다.

"어떤 방 안에 있는 인간과 파리의 수를 세어보세요. 그러면 놀라운 결과를 얻을 겁니다."

"당신 말이 맞을지도 몰라요. 하지만 그건 중요하지 않아요."

"그건 그렇고, 내가 올해 태어났다고 생각합니까?"

푸크가 갑작스러운 물음을 던졌다.

"모르겠어요."

마야가 솔직하게 대답했다.

"나는 겨울을 무사히 넘겼답니다."

푸크가 자랑스럽게 말했다.

"말하자면 내 경험이 빙하기까지 거슬러 올라간다는 뜻이에요. 빙하기를 정통으로 겪은 셈이죠. 그래서 지금 여기서 쉬고 있는 거랍니다."

"정말 대단하네요!"

마야가 감탄했다.

"그럼요."

푸크는 햇빛이 가득한 공중으로 조금 날아올랐다.

"파리는 세상에서 가장 용감한 종족이거든요. 지구 어디에든 우리 일족이 살고 있죠. 그리고 우리는 도망쳐야 할 때 도망쳤다가 반드시 다시 돌아와요. 당신은 인간을 본 적이 있나요?"

고개를 가로젓던 마야는 머리를 기울인 채 미심쩍은 눈초리로 파리를 쳐다보았다. 파리를 어떻게 판단해야 할지 확신이 서지 않았다.

"아니요. 나는 인간에게 관심이 없어요."

마야가 단호하게 말했다.

"그거야 당신이 인간을 모르니까 그렇죠. 내가 인간의 집 안에서 그들과 재미있게 노는 모습을 본다면, 당신은 질투가 나서 어쩔 줄 몰라 할 거예요. 어쨌든 그 이야기를 해드릴게요. 내가 있던 방에는 나이든 남자가 한 명 살고 있었는데, 그 남자는 늘 벽장에 숨겨둔 이상한 음료를 마시고 코끝의 색이 변했답니다. 그 음료에서는 정신이 혼미해질 정도로 달콤한 냄새가 났어요. 남자는 음료를 가지러 갈 때마다 두 눈을 가늘게 만들며 웃고 있었어요. 남자는 작은 잔에 음료를 따라 마실 때 꼭 천장을 올려다봤어요. 내가 있는지 확인하려고 말이죠. 내가 고개를 끄덕이면, 남자는 손으로 자기 이마와 코, 그리고 입을 쓸어내려 내가 어디에 앉아야 할지 알려줬어요. 그 다음에는 눈을 깜박이고 입을 찢어질 정도로 쩍 벌렸죠. 그러고는 창문에 달린 커튼을 닫아 오후의 햇살이 우리를 방해하지 못하게 만들었어요.

마침내 남자는 소파라고 불리는 휴식용 침대에 눕고 시간이 조금 지나면 습기가 가득한, 목이 쉰 것처럼 거친 소리를 낸답니다. 아마도 그걸 아름다운 소리라고 생각하나 봅니다. 그 소리에 관해서는 나중에 다시 설명하죠. 아무튼 그건 인간이 내는 자장가예요. 나한테는 이제 가까이 오라는 신호고요. 나는 우선 인간이 내 몫으로 남겨 둔 음료를 마셔요. 그 음료를 한 방울 마시면 희한하게도 힘이 솟구치더군요. 그래서 인간들도 그 음료를 마시나 봐요. 아무튼 그 다음에는 남자 근처로 날아가서 자고 있는 남자의 이마 위에 앉아요. 이마란 코랑 머리카락 사이에 있는 공간인데, 생각할 때 쓰는 것이랍니다. 이마에는 마치 고랑처럼 오른쪽에서 왼쪽으로 파인 주름이 이어져 있는데, 그 주름이 씰룩거린다는 건 인간이 올바른 답을 내리기 위해 무언가를 생각하고 있다는 증거랍니다. 그리고 인간이 불쾌할 때도 이마에 주름이 생겨요. 그런데 불쾌할 때 생기는 주름은 위에서 아래로 이어지죠. 콧잔등 위에도 주름 언덕이 생기고요.

내가 이마에 내려가서 고랑 사이를 돌아다니면, 남자는 허공에 손을 휘두르기 시작해요. 내가 공중 어딘가에 있다고 생각하는 것 같아요. 내가 남자의 생각 주름 위에 앉아 있기 때문에 남자는 내가 어디에 있는지 금방 생각해낼 수 없는 거죠. 하지만 남자는 결국 나를 찾아내요. 잘 들으세요, 마야인지 뭔지 하는 아가씨. 그럴 때는 아주 조심해야 합니다. 남자의 손이 다가와도 나는 마지막 순간까지 기다리죠. 그런 다음에 재빠르게 옆으로 날아가 앉고, 내가 아직도 거기 있는 줄 알고 손을 더듬거리는 남자의 모습을 지켜본답니다. 그게 30분이나 이어진 날도 있었다니까요. 당신은 그 남자가 얼마나 끈질긴지 모를 겁니다. 그러다 보면 남자가 벌떡 일어나서 소리를 지르기도 해요. 온갖 말을 다 듣고 있으면, 그 남자가 얼마나 은혜를 모르는 인간인지 알게 되죠. 하지만 어쩔 수 없어요. 나처럼 고귀한 존재는 보상을 바라지 않으니까요. 나는 천장 높은 곳 구석으로 날아가 배은망덕한 남자의 외침을 듣는답니다."

"그 이야기의 어떤 부분이 재미있다는 건지 모르겠네요. 아주 쓸모없는 이야기인데요."

마야가 소감을 말했다.

"그럼 내가 남자의 코에다가 꿀이 가득 찬 벌집이라도 만들어야 합니까? 이봐요, 아가씨. 당신은 정말 유머 감각이라고는 눈곱만치도 없군요. 그러는 당신은 어떤 쓸모 있는 일을 하는데요?"

어린 마야의 얼굴이 붉게 물들었다. 하지만 마야는 당황한 모습을 푸크에게 들키지 않으려고 얼른 표정을 바꾸고 냉큼 대답했다.

"언젠가 내가 훌륭하고 위대한 일, 쓸모 있고 좋은 일을 할 날이 올 거예요. 나는 그 전에 세상에서 무슨 일이 벌어지는지 알고 싶어요. 그리고 곧 내가 훌륭한 일을 할 날이 올 거라고 마음 속 깊이 확신하고 있답니다!"

그렇게 소리치고 나자, 마야의 내면에서 뜨거운 희망과 환희가 용솟음쳤다. 하지만 푸크는 마야의 말이 진심인지, 그리고 마야가 속으로 어떤 감정을 느꼈는지 알지 못했다. 푸크는 계속해서 이리저리 뛰어다니다가 말했다.

"혹시 꿀을 가지고 있나요?"

"미안해요. 당신이 나한테 친절하게 이야기를 들려주었으니 뭐라도 주고 싶지만, 아무 것도 가진 게 없어요. 그런데 내가 한 가지만 더 물어봐도 될까요?"

"그러세요. 뭐든 대답해 드릴게요."

"어떻게 하면 인간이 살고 있는 집 안으로 들어갈 수 있는지 알고 싶어요."

"날아서 들어가면 되죠."

푸크가 당연하다는 듯 대답했다.

"위험하지 않은 방법은 없나요?"

"창문이 열릴 때까지 기다리세요. 단, 출구를 반드시 확보해두도록 하세요. 혹시 출구를 찾기 어렵다면 빛이 들어오는 방향으로 날아가야 해요. 어떤 집이든 창문은 여러 개 있으니까요. 햇빛이 반사되는 곳은 조심하시고요. 벌써 가려고요?"

"네!"

마야가 대답하고는 푸크에게 손을 내밀었다.

"안녕히 계세요. 여기서 잘 쉬시길 바랍니다. 나는 해야 할 일이 많아서요."

마야는 능숙하게 날개를 움직여 낮게 윙윙거리는 소리를 냈다. 어딘지 근심이 어린 소리였다. 어린 마야는 빛나는 날개를 펼치고 햇볕이 내리쬐는 꽃밭으로 가기 위해 날아올랐다. 그곳으로 가서 꿀을 조금 먹을 생각이었다. 그런 마야의 뒷모습을 바라보며 푸크는 더 할 말이 없는지 곰곰 생각하다가 조심스럽게 말했다.

"그래, 결국 이렇게 되는군. 안 될 것도 없지, 뭐."

07

거미에게 붙잡힌 마야

집파리 푸크와 만난 뒤로 마야는 기분이 좋지 않았다. 푸크가 인간에 대해 설명한 대목이나 인간을 평가한 내용이 전부 옳은 말이라고는 도저히 생각할 수 없었다. 마야가 생각한 인간은 푸크가 한 말과 전혀 달랐다. 마야는 인간들이 매우 고상하고 아름다우리라고 상상했기 때문에 인간들이 그렇게 보잘것없고 우스꽝스러운 존재라는 말을 믿기 어려웠다.

하지만 인간이 사는 집으로 들어갈 용기는 나지 않았다. 인간이 마야를 어떻게 생각할지 알 수 없었기 때문이다. 마야는 누군가에게 짐이 되기 싫었다. 마야는 카산드라가 조언해 준 내용을 차근차근 떠올려 보았다. 카산드라는 이렇게 말했다.

"인간은 착하고 똑똑하단다. 강하고 전지전능하지만 그 힘을 함부로 사용하지 않아. 인간이 자리를 잡은 곳은 어디든 질서가 잡히고 번영하지. 인간은 꿀벌들에게 호의를 베풀어. 그래서 꿀벌들은 우리를 보호해 주는 인간을 신뢰하고, 그들에게 우리가 모은 꿀을 나누어주는 거야. 인간들은 우리가 겨울을 날 수 있을 만큼 꿀을 남겨준단다. 그리고 우리가 추위나 천적이나 다른 동물 때문에 피해를 입지 않도록 도와주지. 이 세상에는 인간과 가까이 지내면서 자유롭게 상부상조하는 동물이 드물어. 너는 어딜 가나 다른 곤충들이 인간을 욕하는 소리를 듣게 될 거다. 그런 말은 귀담아 들을 필요 없다. 가끔은 뭔가에 현혹된 꿀벌 시민이 인간의 구원 없이 살아보겠다고 황야로 나가기도 한단다. 하지만 금방 몰락하고 말지. 우리가 모은 꿀을 노리는 동물들이 아주 많거든. 한 국가 전체가 무자비하게 함락된 일도 있단다. 벌집이 다 무너지고 막 부화한 애벌레들이 모두 죽었지. 꿀을 훔치고 싶어 이성을 잃은 동물 하나 때문에 그런 일이 벌어지곤 해."

마야는 스스로 그 이야기와 반대되는 상황을 겪어보지 않는 한, 카산드라의 말을 믿고 싶었다.

금세 오후가 되었다. 태양은 마야가 날아다니는 넓은 채소밭의 과일 나무 뒤쪽에 떠 있었다. 나무에 피었던 꽃은 이미 오래전에 졌다. 하지만 어린 꿀벌은 셀 수 없이 많은 꽃들이 눈부신 자태를 뽐내던 광경을 아직도 생생하게 떠올릴 수 있었다. 꽃들은 빛보다도 밝았고, 파란 하늘 아래서 순수하고 사랑스러운 모습으로 모두를 유혹했다. 꽃들이 내뿜는 달콤한 향기와 그윽한 빛은 마야를 황홀경에 빠지게 만들었다. 마야는 평생 그 기억을 잊고 싶지 않았다. 그래서 채소밭 위로 날아가며 그런 날이 다시 올 것이라고 되뇌었다. 이토록 위대한 땅 위에서 살 수 있다는 기쁨이 마야의 가슴속에 가득 차올랐다.

채소밭 끝에서는 재스민이 하얀 별처럼 반짝였다. 재스민은 새하얗게 빛나는 꽃잎 안에서 연노란 얼굴을 빠끔 내밀고 있었다. 부드러운 바람이 재스민 꽃의 달콤한 향기를 싣고 불어왔다. 예전에는 꽃이 만발했던 보리수도 보였다. 마야는 높이 우뚝 선 보리수가 마지막 순간까지 우듬지에 붉은 저녁노을을 모자처럼 쓰고 있던 풍경을 떠올리며 행복에 젖었다. 어린 꿀벌은 벌써 녹색 열매가 맺히기 시작한 나무딸기 넝쿨 사이로 날아갔다. 꽃은 아직 매달려 있었다.

마야가 재스민 꽃으로 가려고 다시 날아올랐을 때였다. 갑자기 이상한 물체가 마야의 이마와 어깨를 감싸더니 순식간에 날개까지 덮쳤다. 마야는 온몸이 마비된 듯 옴짝달싹할 수 없었다. 어린 꿀벌은 놀란 와중에도 이상한 물체 때문에 갑자기 날지 못하게 되었다는 사실을 깨달았다. 비밀스럽고 사악한 힘이 더듬이와 다리와 날개를 보이지 않는 사슬로 꽉 묶어둔 느낌이 들자, 마야는 힘없이 땅으로 떨어질 것만 같았다. 하지만 떨어지지 않았다. 날개를 움직이지 못하는데도 공중에 떠 있었다. 놀랄 만큼 부드럽고 포근하고 탄력 있는 어떤 물체가 마야를 받치고 있었기 때문이다. 그 물체는 마야를 위로 들어 올렸다가 아래로 내렸다가 좌우로 흔들었다. 마치 산들바람이 낙엽을 가지고 노는 것 같았다.

어린 꿀벌은 조금 불안했지만 무섭지는 않았다. 아무런 고통도 없었고 불쾌한 느낌도 들지 않아서였다. 참으로 이상하고 신기한 일이었다. 그 이면에 악한 존재가 숨어 있는 기분이었다. 마야는 거기서 빠져나가보려고 몸을 움직였다. 조금만 힘을 쓰면 벗어날 수 있을 것 같았다.

그때 가늘고 탄력 있는 기다란 은빛 실이 자신의 가슴에 감겨 있는 모습이 마야의 눈에 들어왔다. 마야가 깜짝 놀라 재빨리 그 실을 잡아떼려고 하자, 이번에는 실이 손에 달라붙어 떨어지지 않았다. 어깨에 붙어 있던 두 번째 은실이 날개에 감기듯 달라붙었다. 마야는 날개를 펼칠 재간이 없었다. 주변을 둘러보자, 마야의 몸 위는 물론이고 공중에도 끈적이는 은빛 실이 이어져 여기저기서 투명하게 반짝였다.

어린 꿀벌은 무서워서 비명을 질렀다. 그제야 무슨 일이 일어났는지, 그곳이 어디인지 알아챘기 때문이다. 마야는 거미줄에 걸린 것이다. 마야의 커다란 울음소리와 공포에 찬 비명이 고요한 여름

공기를 가르고 햇빛을 받아 금빛으로 빛나는 녹색 잎사귀에 다다랐다. 곤충들과 새들이 공중으로 날아올라 어쩔 줄을 몰라 했다. 가까이에서 재스민 향기가 났다. 마야는 그곳으로 가고 싶었지만 이제 모든 것이 다 끝났다.

날개에 구리처럼 빛나는 갈색 점이 박힌 작고 파란 나비가 마야 곁을 지나쳐 날아갔다. 나비는 어린 마야가 거미줄에 걸려 버둥거리며 소리 지르는 모습을 보고 말했다.

"에그, 불쌍해라. 아무쪼록 고통스럽지 않게 죽기를 빌어요. 내가 도울 방법이 없군요. 나한테도 언젠가, 어쩌면 오늘 밤에 당장 그런 일이 일어날지도 모르죠. 어쨌든 지금은 난 행복합니다. 잘 가세요. 죽음이라는 깊은 잠에 빠지더라도 태양은 잊지 마세요."

나비는 날개를 팔랑이며 만발한 꽃과 태양과 살아 있다는 기쁨에 도취되어 멀리 날아갔다. 마야의 눈에서 투명한 눈물이 흘러나왔다. 마음의 안정과 침착함이 모두 사라졌다.

마야는 꽁꽁 묶인 날개와 다리를 이리저리 꿈틀대다가 가능한 한 큰 소리로 비명을 지르고 윙윙거렸다. 그리고 누구든 들으라는 듯이 도와달라고 외쳤다. 그럴수록 마야는 거미줄에 더욱 단단하게 붙들렸다. 두려움에 사로잡힌 마야의 머릿속에 카산드라가 경고했던 말이 지나갔다.

"거미줄을 조심해야 한다. 거미줄에 걸리면 가장 끔찍한 죽음을

당하게 될 테니까. 거미는 매우 냉정하고 음흉하며 한번 붙잡은 먹잇감을 절대 놓아주지 않거든."

죽음의 공포가 절망으로 변했다. 마야는 마지막 힘을 짜내 버둥거려보았다. 어디선가 길고 굵직한 거미줄 한 가닥이 툭 끊어진 느낌이 들었다. 하지만 곧 마야는 거미줄의 무서운 함정을 깨달았다. 거미줄에서는 몸을 움직일수록 더 큰 위험에 빠질 뿐이었다.

지칠 대로 지친 마야가 잠시 움직임을 멈춘 순간, 가까이에 있던 커다란 나무딸기 잎사귀 아래 거미가 앉아 있는 모습이 보였다. 마야는 숨 막히는 공포에 휩싸였다. 그 괴물은 한달음에 마야에게 달려들 것처럼 미동도 없이 쭈그리고 앉아 무서운 표정을 짓고 있었다. 거미는 사나운 눈을 번득이며 어린 마야를 쳐다보았다. 잔혹하게도 남의 불행을 즐기며 끝까지 기다리려는 속셈이었다.

마야는 큰 소리로 비명을 질렀다. 이토록 공포에 차서 소리를 지른 것은 난생 처음이었다. 갈색 털로 뒤덮인 괴물은 무시무시한 이빨을 드러낸 채, 거대한 몸통에 꽂힌 꼬챙이 같은 다리를 높이 세우고 있었다. 그 괴물의 모습을 계속 보느니 차라리 죽는 편이 나을 지경이었다. 게다가 거미는 당장이라도 마야에게 달려들어 숨통을 끊어놓을 것 같았다.

얼마 안 있어 마야는 지금껏 느껴본 적 없는 분노에 사로잡혔다. 그리고 모든 동물들이 누구나 알고 있고 두려워하는 꿀벌의 우렁찬 기합 소리를 내질렀다. 공포와 괴로움 따위가 어느새 사라져버린 마야의 가슴속엔 상대방에게 순순히 목숨을 내놓지 않겠다는 각오가 생겨났다.

"이따위 치사한 기술로 나를 붙잡다니, 죽음으로 대가를 갚아야 할 겁니다!"

마야가 거미에게 소리쳤다.

"날 죽이러 이리 가까이 와보시죠! 꿀벌을 죽이면 무슨 일이 일어나는지 알게 될걸요!"

거미는 꼼짝도 하지 않았다. 기묘하고 오싹한 그 태도를 보니 마야보다 훨씬 더 큰 동물도 겁에 질릴 것 같았다. 머리끝까지 화가 난 마야는 마지막으로 안간힘을 써보았다. 그때 머리 위에 있던 긴 줄이 탁 하고 끊어졌다. 거미줄 한 쪽을 고정하고 있던 줄이었다. 그 줄은 작은 모기나 파리 같은 곤충을 잡기에는 충분했을지 몰라도 꿀벌처럼 큰 곤충을 잡기에는 너무 약했다. 하지만 마야의 몸은 점점 더 거미줄에 휘감겼고, 마야의 분노도 계속해서 끓어올랐다.

그 순간, 거미가 눈 깜짝할 새에 마야 바로 옆까지 미끄러지듯이 다가왔다. 버둥거리고 있는 마야 옆으로 내려온 거미는 줄 하나에 매달려 있었다.

"대체 무슨 권리로 내 거미줄을 망친 거죠?"

거미가 굵직하게 갈라진 목소리로 말했다.

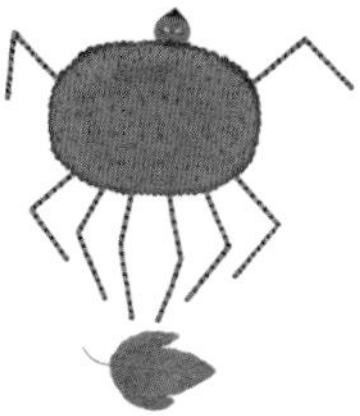

"원하는 게 뭡니까? 넓디넓은 세상을 놔두고 왜 여기에 온 거죠? 왜 혼자 얌전히 은둔해서 사는 동물을 괴롭히느냐고요."

마야가 예상하지 못한 질문이었다. 정말 상상도 못한 말이었다.

"이건 실수예요. 내가 당신이 쳐둔 그물을 미처 보지 못해서 걸려들고 말았어요. 정말 미안합니다."

마야가 기쁨과 희망에 몸을 떨며 사과했다. 거미는 흉측한 생김새와 달리 악독한 동물이 아닌 모양이었다. 거미가 더 가까이 다가왔다.

"당신은 아주 통통하고 작은 곤충이로군요."

이 말과 함께 거미는 다리를 번갈아 움직이며 줄을 타고 내려왔다. 이토록 얇은 줄에 이토록 거대한 거미가 매달려 있다니 놀라울 따름이었다.

"나를 도와주세요. 은혜는 꼭 갚겠습니다."

마야가 애원했다.

"도와드리려고 온 겁니다."

거미는 그렇게 말하고 의미심장한 미소를 지었다. 웃고 있는데도 악당처럼 보였다.

"당신이 계속 움직여서 거미줄이 다 망가지겠어요. 잠깐 움직임을 멈춰 보세요. 그래야 내가 당신을 풀어주죠."

"정말 고맙습니다!"

마야가 외쳤다. 거미는 마야의 바로 옆에 와 있었다. 그리고 마야가 얼마나 단단하게 감겨 있는지 주의 깊게 관찰했다.

"침은 어떻게 합니까?"

거미가 물었다. 거미는 정말이지 흉악하고 징그럽게 생긴 존재였다. 마야는 거미가 자신에게 손을 댈 거라는 생각만으로도 온몸에 소름이 쫙 끼쳤다. 하지만 최대한 공손하고 부드러운 목소리로 대답했다.

"내 침은 걱정하지 마세요. 안으로 집어넣을 테니까. 그러면 아무도 다치지 않을 거예요."

"부탁드립니다. 자, 이제 조심하세요! 움직이지 마시고요. 이런, 내 거미줄이 완전히 망가졌어요."

마야는 숨도 쉬지 않고 움직임을 멈췄다. 갑자기 몸이 제자리에서 빙글빙글 돌더니 몹시 어지러워졌다. 마야는 두 눈을 꼭 감았다. 토기가 올라왔다.

'도대체 무슨 일이 일어난 거지?'

마야는 두려움에 떨며 눈을 떴다. 새로 만들어진 끈적끈적한 거미줄로 온몸이 더욱 꽁꽁 동여매져 있었다. 거미가 뽑아낸 줄이 분명했다.

"이런, 세상에!"

어린 마야가 떨리는 목소리로 낮게 내뱉었다. 그 이상은 아무 말도 할 수 없었다. 끝이다! 마야는 거미의 간사한 계획을 눈치 챘다. 이제 완전히 붙잡혔기 때문에 빠져나갈 구멍이 없었다. 마야는 날개도 손도 발도 무엇 하나 꼼짝할 수 없었다. 분노와 울화는 사라지고 거대한 슬픔이 밀려왔다.

'세상에, 이렇게 악랄한 존재가 있는 줄은 몰랐어. 이제 깜깜한 죽음의 밤이 시작되는구나. 밝은 태양아, 잘 있어. 사랑하는 친구들아, 잘 있어. 아, 내가 왜 너희들 곁을 떠났을까? 모두 잘 있어. 나는 이제 죽어야 해.'

거미는 조심스럽게 옆으로 물러났다. 아직 마야의 침이 무서웠기 때문이다.

"자, 꼬마 꿀벌 씨. 지금 기분이 어떻습니까?"

거미가 비웃듯이 물었다. 이런 비열한 질문에 대답하기에는 마야의 자부심이 지나치게 강했다. 하지만 시간이 조금 지나자, 슬픔을 견딜 수 없는 지경이 되었다. 마야가 말했다.

"제발 날 곧바로 죽여주세요."

"어림없지!"

거미가 그렇게 말하더니 끊어진 줄 몇 가닥을 다시 꼬았다.

"내가 당신처럼 멍청한 줄 압니까? 어차피 오랜 시간 매달아 두면 당신은 죽게 될 겁니다. 그리고 당신이 더 이상 침을 쏠 수 없을 만큼 약해졌을 때 내가 산 채로 당신의 피를 빨아먹으면 되죠. 그저 당신이 내 아름다운 거미줄을 얼마나 망쳐놓았는지 보지 못하게 되는 것이 안타까울 따름입니다. 망가진 거미줄을 봤다면 당신도 스스로 죽어 마땅하다고 느낄 테지요."

거미는 눈 깜짝할 사이에 땅바닥까지 내려가더니 새로 늘어뜨린 거미줄을 작은 돌에 단단하게 동여맸다. 그러고는 다시 거미줄로 올라와 마야의 몸을 꽉 감고 있는 줄을 잡고 천천히 끌고 갔다.

"당신은 이제 그늘로 가는 겁니다. 태양이 당신을 말려버리지 않도록 말이죠. 게다가 당신이 계속 저 위에 매달려 있으면, 원래대로라면 줄에 걸려야 할 다른 곤충들이 겁을 집어먹고 다가오지 않을 겁니다. 가끔 종달새가 내 거미줄을 약탈하러 오기도 하거든요. 아무튼 당신이 누구에게 잡아먹힐지는 알아야겠죠. 나는 테클라라고 합니다. 왕거미 가문의 일원이죠. 당신 이름은 말할 필요 없어요. 이름이 뭐든 간에 당신은 참 통통한 먹잇감이군요."

불쌍한 마야는 나무딸기 수풀 밑의 어두운 그늘에 매달려 있게 되었다. 땅 위로 두텁게 우거진 수풀이었다. 마야는 자신을 서서히 굶겨 죽일 잔인한 거미에게 힘없이 붙잡히고 말았다. 머리를 아래로 한 채 거꾸로 매달려 있던 마야는 자신이 이 상황을 그리 오래 견디지 못하리라는 사실을 깨달았다. 낮은 소리로 윙윙거려 보았지만, 구조를 요청하는 목소리는 점점 수그러들었다. 도대체 누가 마야를 도울 수 있을까? 고향에서는 그 누구도 마야가 맞닥뜨린 불행을 알지 못했으므로 마야를 구하러 달려올 꿀벌은 없었다.

하지만 어느 순간, 마야는 아래쪽 풀숲에서 누군가가 퉁명스러운 목소리로 투덜대는 소리를 들었다. 마야는 대번에 그 말을 알아들었다.

"내가 간다. 모두들 길을 비켜라!"

겁을 집어먹고 떨던 마야의 심장이 세차게 뛰기 시작했다. 목소리의 주인공이 쇠똥구리 쿠르트임을 알아차렸기 때문이다. 마야는 쿠르트와 귀뚜라미 이피의 대화를 엿들은 적이 있었고, 위기에 처한 쿠르트를 도와준 적도 있었다.

"쿠르트 씨! 쿠르트 씨!"

마야가 있는 힘껏 소리쳤다.

"길을 비켜라!"

푸르스름한 쿠르트가 호통 쳤다. 틀림없이 쿠르트였다.

"난 당신이 갈 길을 막고 있지 않아요, 쿠르트 씨. 나는 당신 머리 위에 매달려 있어요. 거미에게 붙잡혔거든요."

마야가 외쳤다.

"당신이 대체 누군데요? 나야 유명한 존재니 모두가 나를 알겠지만 말예요. 그건 당신도 인정하는 바 아닙니까?"

“나는 꿀벌 마야예요. 제발 부탁인데 나를 도와주세요.”

“마야? 마야 씨라고요? 아, 기억나네요! 몇 주 전에 만났었죠. 세상에나, 보아하니 아주 위험한 상황에 처한 것 같군요. 당연히 내 도움이 필요하겠죠. 마침 한가한 참이니 부탁을 거절하지 않도록 하죠.”

“오, 쿠르트 씨! 이 줄을 끊어버릴 수 있나요?”

“이 줄이요? 지금 날 뭐로 보는 겁니까?”

쿠르트가 손으로 자신의 팔 근육을 툭툭 쳤다.

“여길 보라고요, 작은 친구여. 내 팔은 단단한 강철이나 다름없다고요. 이렇게 힘센 팔은 쉽게 보지 못할 겁니다. 거미줄 몇 개를 끊는 건 일도 아니죠. 당신은 곧 놀라고 말걸요.”

쿠르트는 잎사귀를 타고 올라오더니 어린 마야가 매달린 줄을 붙잡았다. 그리고 줄을 꽉 쥔 채로 잎사귀에서 뛰어내렸다. 줄이 끊어졌고, 두 곤충은 땅에 떨어졌다.

“아직 시작도 안 했는데 끝나버렸구먼.”

쿠르트가 말했다.

“아, 불쌍한 작은 친구 마야 씨! 떨고 있군요. 얼굴이 하얗게 질렸네요. 죽는 것이 그렇게 무서웠나요? 죽음이 다가오면 차분해져야 해요. 내가 그랬던 것처럼 정신을 똑바로 차리고요. 이제 풀어드릴게요.”

어린 꿀벌은 입도 벙긋할 수 없었다. 말간 기쁨의 눈물이 뺨을 타고 흘러내렸다. 마야는 자유의 몸이 되었다. 다시 햇빛 속을 날 수 있고 가고, 싶은 곳이 어디든, 살고 싶은 곳이 어디든 갈 수 있었다. 그때 마야의 위쪽에서 거미가 나무딸기 줄기를 타고 내려오는 모습이 보였다.

"쿠르트 씨, 거미가 와요!"

마야가 비명을 질렀다. 그렇지만 쿠르트는 전혀 당황하지 않고 그저 웃을 뿐이었다. 그는 힘이 아주 센 딱정벌레였으니까 말이다.

"거미도 나름대로 생각을 하겠죠."

쿠르트가 말했다. 곧이어 머리 위쪽에서 목이 다 갈라진 무시무시한 목소리가 들렸다.

"도둑이야! 도와주세요! 도둑이 들었어요! 이 무례한 뚱보 녀석아, 남의 먹잇감을 가로채서 뭘 하려고?"

"그렇게 흥분하지 마세요, 부인. 나는 내 친구와 이야기를 나누고 있었을 뿐이랍니다. 내 기분에 거슬리는 말을 한 마디만 더 했다간 거미줄을 모조리 찢어놓겠어요. 자, 왜 갑자기 입을 다무는 거요?"

쿠르트의 물음에 거미가 순순히 대답했다.

"내가 졌습니다."

"그건 내 알바 아니고, 이제 가서 하던 일이나 계속 하세요."

쿠르트가 쏘아붙였다. 거미는 마치 원수를 바라보듯 쿠르트를 노려보았다. 하지만 거미줄을 올려다보고 다시금 고민에 빠졌다. 천천히 몸을 돌린 거미는 분노에 찬 목소리로 낮게 웅얼거렸다. 쿠르트가 몸에 두르고 있는 갑옷에는 이빨로든 발톱으로든 생채기 하나 낼 수 없을 것 같았기 때문이다. 거미는 계속해서 세상이 불공평하다며 투덜대다가 다시 거미줄을 한눈에 지켜볼 수 있는 시든 잎사귀 뒤로 몸을 숨겼다. 혹시 다른 곤충이 걸려들 것을 기대하면서.

그 사이에 쿠르트는 마야를 완전히 풀어주었다. 그는 거미줄을 찢어 마야의 날개와 다리가 자유로워지도록 도왔다. 나머지 실은 마야 혼자서도 떼어낼 수 있었다. 마야는 행복에 겨워 아주 기쁜 마음으로 몸단장을 했다. 물론 두려움에 질려 힘이 빠지고 손이 떨렸기 때문에 느릿느릿한 움직임이었다.

"금방 잊어버리면 떨림도 멈출 겁니다."

쿠르트가 위로했다.

"이제 한번 날아보세요."

마야는 낮게 윙윙거리며 날아올랐다. 아무런 문제도 없었다. 다행히 팔과 다리도 모두 성했다. 마야는 천천히 날아 재스민 수풀로 갔다. 그리고 꿀이 한가득 들어 있는 꽃을 찾아 향기로운 꿀을 허겁지겁 들이켰다. 그런 다음, 나무딸기 덤불에서 벗어나 잔디밭에 앉아 있는 쿠르트에게로 다시 돌아왔다.

"진심으로 고맙습니다."

자유를 되찾은 마야가 환희에 찬 목소리로 말했다.

"내가 한 일은 당연히 감사받을 일이죠. 하지만 난 늘 그런 대단한 일을 한답니다. 이제 계속해서 날아가세요. 오늘 밤에는 일찍 잠자리에 드는 게 좋을 겁니다. 집이 먼가요?"

쿠르트가 물었다.

"아뇨."

마야가 대답했다.

"몇 분 거리에 있어요. 너도밤나무 숲에 살거든요. 잘 지내세요, 쿠르트 씨. 당신을 결코 잊지 못할 겁니다. 평생 동안 당신을 절대 잊지 않겠어요."

08
노린재와 나비

거미에게 붙잡혀본 어린 마야는 많은 생각을 하게 되었다. 마야는 앞으로 더 주의 깊게 주변을 살피고, 성급하게 행동하지 말아야겠다고 다짐했다. 꿀벌들이 마주칠 커다란 위험에 대해서는 이미 카산드라가 설명해 준 적이 있었다.

세상은 너무 넓었고 미처 생각지도 못했던 사건이 벌어지는, 수많은 가능성을 지닌 곳이었다. 특히 어둠이 땅 위로 내려앉은 밤이 되면 마야는 외로움 속에서 깊은 생각에 빠졌다. 하지만 다음 날 해가 뜨면 걱정의 절반을 잊어버린 채, 얼른 새로운 경험을 하고 싶어서 오색찬란한 세상으로 뛰어들었다.

어느 날 마야는 나무딸기 수풀 속에서 특이하게 생긴 곤충을 만났다. 몸이 각지고 이상하리만치 납작한 곤충이었다. 하지만 등껍질에는 멋들어진 무늬가 새겨져 있었다. 그것이 날개인지 아닌지는 알 수 없었다. 그 이상한 작은 괴물은 눈을 반쯤 감은 채 미동도 없이 나무딸기 향기가 가득한 잎사귀 그늘 아래 앉아 있었다. 생각에 빠진 듯 보였다.

마야는 그 곤충이 어떤 종인지 알고 싶었다. 그래서 곤충 가까이로 날아가 옆에 있는 잎사귀에 앉은 다음 인사를 건넸다. 낯선 곤충은 대답이 없었다.

"저기요!"

마야는 그렇게 말하며 곤충이 앉은 잎사귀를 툭 쳤다. 잎이 흔들리자, 납작한 곤충이 한쪽 눈만 느릿하게 뜨고는 마야를 쳐다보면서 입을 열었다.

"꿀벌이군요. 꿀벌이야 개체 수가 많으니 어디든 있죠."

이 말과 함께 곤충은 다시 눈을 감았다.

'정말 이상한 곤충이야.'

마야는 어처구니가 없었다. 이 낯선 곤충의 비밀을 꼭 알아내야겠다고 생각했다. 자신에게 아무런 관심도 없어 보이는 곤충을 만나자 오히려 호기심이 샘솟았던 것이다. 마야는 꿀을 조금 이용해 보기로 했다.

"나한테 꿀이 많아요. 원하신다면 조금 나눠드릴까요?"

낯선 곤충이 다시 눈을 한쪽만 뜨더니 잠시 동안 마야를 유심히 살폈다.

'이번에는 뭐라고 말하려나.'

마야가 생각했다. 하지만 아무런 대답도 돌아오지 않았다. 낯선 곤충의 눈이 다시 감겼다. 곤충은 가만히 앉아 있었다. 잎사귀에 찰싹 달라붙어 있어서 다리가 하나도 보이지 않았다. 마치 누군가가 엄지손가락으로 꾹 눌러서 잎사귀에 붙여둔 것 같은 모양새였다.

마야는 낯선 곤충이 자신에게 아무런 관심이 없다는 사실을 확실히 알게 되었다. 하지만 이런 불친절한 대접을 받고, 더구나 목적도 이루지 못했는데 물러설 수는 없었다. 그것은 매우 부끄러운 일이었다. 그런 경험을 하고 싶은 이는 아무도 없을 것이다.

"당신이 누구신지는 모르겠지만, 곤충들의 세계에서는 누가 인사를 하면 대답을 하는 게 예의라는 걸 알아두세요. 특히 꿀벌에게 인사를 받았다면 더더욱요."

마야가 큰 소리로 말했다. 그런데도 곤충은 움직이지 않았고, 아무 말도 하지 않았다. 이번에는 심지어 눈도 뜨지 않았다.

'아픈 곤충인가 봐.'

마야가 생각했다.

'아, 이렇게 날씨가 좋은 날 몸이 아프다니 얼마나 우울할까. 그래서 그늘에 앉아 있나 보구나.'

마야는 곤충이 앉아 있는 잎사귀로 건너가 그에게 가까이 다가갔다. 그리고 퍽 다정한 목소리로 물었다.

"이봐요, 친구 분. 어디가 아프세요?"

그때 낯선 곤충이 마치 보이지 않는 손에 떠밀리기라도 한 것처럼 이상한 걸음걸이로 움직여 저만치 이동했다.

'발이 없구나. 그래서 저렇게 우울한 거였어.'

마야가 생각했다. 곤충은 잎의 꼭지 부근에서 멈췄다. 마야는 그가 떠난 자리를 자세히 보고 깜짝 놀랐다. 곤충이 작은 갈색 물방울을 남겨놓았던 것이다. '정말 예쁘다'라고 마야가 생각한 순간, 갑자기 지독한 냄새가 공중으로 퍼졌다. 갈색 물방울에서 나는 냄새였다. 냄새가 어찌나 고약하고 역겨웠던지 마야는 정신이 혼미해질 지경이었다. 마야는 재빨리 날아올라 나무딸기 열매 위에 앉았다. 그리고 코를 틀어쥔 채 흥분과 놀라움에 진절머리를 쳤다.

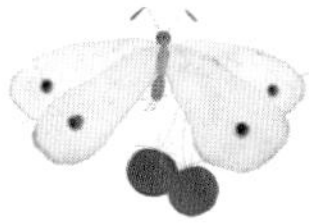

"그러게 왜 노린재한테 신경을 쓰세요?"

누군가가 마야의 머리 위에서 웃음을 터뜨렸다.

"웃지 마세요!"

마야가 소리쳤다. 그리고 주위를 둘러보았다. 위를 올려다보자, 앞뒤로 흔들리는 나무딸기의 귀여운 새싹 위에 하얀 나비가 한 마리 앉아 있었다. 나비는 커다란 날개를 소리 없이 천천히 오므렸다 펴면서 햇볕을 쬐고 있었다. 날개 끄트머리가 검었고 중앙에는 검은 점이 있었다. 각 날개에 점이 하나씩 있어서, 점은 모두 합쳐 네 개였다. 마야는 여태까지 수많은 나비들을 만났지만 어느 누구와도 친구가 된 적이 없었다. 마야는 나비의 아름다운 자태에 현혹되어 그의 무례한 행동도 잊었다.

"아, 당신이 웃은 것도 당연하네요. 저 곤충이 노린재인가요?"

마야가 물었다. 그러자 나비가 고개를 끄덕였다.

"그렇고말고요."

나비는 여전히 웃고 있었다.

"노린재는 상대하지 마세요. 당신은 아직 어린가 보군요?"

"그건…… 꼭 그런 것은 아니에요. 나는 엄청나게 많은 일을 경험했으니까요. 하지만 저런 곤충은 본 적이 없어요. 대체 저게 무슨 짓이죠?"

나비가 다시 웃음을 터뜨렸다.

"노린재는 혼자 지내는 걸 좋아해요. 누구에게도 호감을 얻지 못하니까 저런 식으로 이목을 끌려는 거죠. 그렇지 않으면 아무도 노린재를 기억 못하겠지만, 저렇게 냄새를 풍기면 곤충들이 노린재를 기억하니까요. 그게 노린재의 목적이죠."

"당신 날개는 참 아름다워요. 그렇게나 가볍고 하얗다니! 제 소개를 해도 될까요? 나는 마야라고 합니다. 꿀벌 시민이지요."

마야가 말했다. 이에 나비는 날개를 접었다. 접힌 날개는 마치 하나가 된 듯 공중으로 높이 솟았다. 나비가 몸을 살짝 숙이더니 짧게 대답했다.

"프리츠!"

'이름이 프리츠구나.'

마야가 생각했다. 프리츠의 날개는 아무리 보아도 질리지 않을 것 같았다.

"한번 날아보세요."

마야가 부탁했다.

"날아가버리라고요?"

"아뇨."

마야가 대답했다.

"그저 당신의 크고 하얀 날개가 파란 하늘에서 움직이는 모습을 보고 싶어서요. 하지만 나중에 봐도 괜찮아요. 당신은 어디 사시나요?"

"정해둔 거처는 없어요. 집이 있으면 신경 쓸 일이 많아지니까요. 나비가 되고 나니 사는 게 아름다워지더군요. 예전에 애벌레였을 때는 하루 종일 양배추 잎 위에서 내려오지도 못하고, 양배추 이파리나 갉아먹으면서 다른 애벌레와 싸우는 나날을 보냈거든요."

프리츠가 말했다.

"그게 무슨 말이에요?"

마야가 깜짝 놀라 물었다.

"나는 예전에 애벌레였어요."

프리츠가 대답했다.

"거짓말!"

마야가 소리쳤다.

"잘 들으세요."

프리츠가 그렇게 말하며 양쪽 더듬이를 마야 쪽으로 향했다.

"그걸 모르는 곤충은 없어요. 인간마저도 알고 있는 사실이죠."

어린 꿀벌은 매우 당황했다.

'세상에 그런 일이 정말 가능한 걸까?'

마야가 의심스러운 눈초리를 하며 입을 열었다.

"더 자세히 이야기해 주세요. 그렇지 않으면 믿지 못하겠어요. 설마 자세한 설명도 없이 그 말을 믿으라고요?"

나비는 꿀벌 가까이로 다가와 살짝 흔들리는 덤불 가지 위에 앉았다. 두 곤충은 아침 바람에 나란히 흔들렸다. 나비는 마야에게 애벌레였던 자신이 어느 날 실로 자신의 몸을 감싸고 번데기라 불리는 갈색 껍질 안에 들어가 아무것도 보거나 듣지 못했던 때의 이야기를 들려주었다.

"그리고 몇 주가 지나자, 나는 긴 잠에서 깨어나 껍질을 깨고 나왔지요. 마야 씨, 그토록 오랜 시간이 지난 후에 태양을 다시 보게 되었을 때 느낀 감정은 감히 설명할 수 없을 정도랍니다. 마치 따스한 황금빛 바다로 나아가는 기분이었어요. 내가 살아 있다는 것이 감격스러워 가슴이 두근거리더군요."

"그 기분은 나도 이해해요."

마야가 맞장구쳤다.

"어두컴컴한 꿀벌 도시에서 벗어나 난생 처음 밝은 꽃밭으로 날아갔을 때 나도 그런 기분을 느꼈답니다."

어린 꿀벌은 잠시 첫 비행을 떠올리느라 말문이 막혔다. 하지만 마야는 곧 나비의 커다란 날개가 어떻게 그렇게 조그만 껍질 속에서 자랄 수 있는지 궁금해졌다. 프리츠가 마야에게 그 비밀을 알려주었다.

"날개는 자연스럽게 서로 포개져 있어요. 마치 꽃잎이 꽃봉오리 안에서 오므려져 있는 것처럼. 날이 밝고 따뜻해지면 꽃잎이 저절로 벌어지잖아요. 그것이 섭리죠. 날개도 마찬가지랍니다. 햇볕을 쬐면 날개가 펴질 수밖에 없어요."

"맞아요. 그건 그래요."

마야는 나비가 파란 하늘을 배경 삼아 황금빛 아침 햇살 아래 앉아 있는 모습을 관찰했다.

"다른 곤충들은 우리 나비들이 인생을 참 쉽게 산다고 말해요. 하지만 사실 우리는 행복한 것뿐이랍니다. 내가 삶에 대해 얼마나 자주, 진지하게 생각하는지 당신은 모를걸요."

프리츠가 말했다.

"어떤 생각을 하는데요?"

"미래에 대해 생각해요."

나비가 대답했다.

"미래란 정말 흥미롭거든요. 이제 나는 날아가야겠어요. 산중턱 들판에 초롱꽃이며 톱풀이 잔뜩 피어 있어요. 다른 모든 꽃들이 그곳에 피어 있답니다. 이제 거기로 가볼까 해요."

마야는 그 마음을 충분히 이해했다. 두 곤충은 작별인사를 나눈 뒤에 각자 다른 방향으로 날아갔다. 하얀 나비는 소리 없이 팔랑이며 산들바람에 실려갔고, 어린 꿀벌은 근심이 가득한 웡웡거리는 소리와 함께 날아갔다. 우리가 화창한 날 꽃밭에서 들을 수 있는, 그리고 절대 잊지 못하는 바로 그 소리, 여름을 떠올리면 생각나는 바로 그 소리와 함께.

09

한니발과 인간의 싸움

꿀벌 마야가 여름을 날 집으로 선택한 나무 구멍에서 가까운 소나무 껍질 속에는 프리돌린이라는 나무좀이 가족과 함께 살고 있었다. 그는 번식해서 가족을 늘리는 데 아주 관심이 많은, 부지런하고 듬직한 곤충이었다. 그래서인지 번식 분야에서는 꽤 성공했다. 그는 자부심이 가득한 표정으로 앞날에 희망이 가득한 50마리나 되는 자식들이 활발하게 움직이고 있는 모습을 돌아보았다. 나무좀들은 각자 나무껍질 아래에 작고 구불구불한 도랑을 파고 안락한 삶을 살고 있었다.

"내 아내가 가정의 균형을 잘 맞춘 덕분에 이렇게 많은 가족 구성원들이 싸우지 않고 지낸답니다."

프리돌린이 말했다.

"자식들은 서로 제대로 알지도 못해요. 저마다 다른 길로 이어진 삶을 살고 있거든요."

마야는 프리돌린과 알고 지낸 지 오래되었다. 마야가 알기로 인간들은 나무좀 종족을 그다지 좋아하지 않았다. 하지만 마야는 프리돌린의 천성은 물론이고 그의 사고방식이 마음에 들어서 딱히 그를 피할 이유가 없었다. 숲이 아직 잠들어 있고 태양조차 떠오르지 않은 이른 아침마다 마야는 프리돌린이 나무껍질을 두드리고 뚫는 경쾌한 소리를 들을 수 있었다. 그 소리는 아주 작아서 가랑비가 내리는 소리나 나무가 잠결에 내뱉는 숨소리처럼 들렸다. 나중에 보면 프리돌린이 길을 파내고 난 갈색 가루가 얄팍하게 쌓여 있었다.

어느 날 아침 일찍 프리돌린이 마야를 찾아왔다. 자주 있는 일이었다. 그는 마야에게 잘 잤느냐고 인사했다.

"오늘은 날지 않으시나요?"

프리돌린이 물었다.

"네, 오늘은 안 가요. 바람이 너무 강해서요."

마야가 대답했다. 그 말대로 정말 바람이 세차게 부는 날이었다. 숲이 윙윙 울렸고, 나뭇가지가 거칠게 흔들렸다. 잔가지에 매달린 잎사귀들은 금방이라도 날아가 버릴 것만 같았다. 바람이 한번 휘몰아칠 때마다 나무들이 벌거숭이라도 된 듯 주변이 환해졌다. 프리돌린과 마야가 사는 소나무 안에서도 바람이 사납고 날카로운 소리를 냈다. 마치 나무가 흥분해서 화를 내는 것 같았다.

"난 밤이 새도록 일했어요. 달리 할 수 있는 게 무엇이겠어요? 뭐든 이뤄내야죠. 이 소나무도 흡족하게 마음에 들지는 않아요. 전나무에 사는 편이 더 나았을까요?"

프리돌린이 한숨을 쉬고는 이마에 난 땀을 훔치며 너그러운 웃음을 웃었다.

"자녀분들은 잘 지내나요?"

마야가 친근하게 물었다. 그러자 프리돌린은 안부를 물어줘서 고맙다고 말하고는 머뭇거리며 말을 이었다.

"다들 독립했기 때문에 자세히는 알 수 없지만, 무탈하게 지내고 있으리라 믿고 있어요."

앞에 앉은 작은 갈색 곤충의 모습은 마야에게 조금 우스꽝스러워 보였다. 가슴에는 덮개가 있고, 날개 덮개는 끝부분이 싹둑 잘린 것처럼 짤막했다.

하지만 마야는 프리돌린이 위험한 딱정벌레 일족으로 숲속에 있는 커다란 나무에도 엄청난 피해를 입힐 힘을 지닌 곤충이라는 사실을 익히 알고 있었다. 그의 종족이 무리를 지어 나무 하나를 습격하면, 처음에는 바늘처럼 뾰족한 녹색 잎사귀에 이상이 생긴다. 그러면 나무는 빼빼 말라 죽을 수밖에 없다. 자신의 껍질 아래로 들어가 수액이 우듬지까지 올라가지 못하도록 막아버리는 이 조그만 도적들에게 대항하지 못하고 말이다. 심지어 그의 종족이 숲 전체를 황폐하게 만들었다는 이야기도 전해진다. 마야는 경의에 찬 눈으로 나무좀을 쳐다보았다. 이렇게 작은 곤충이 그렇게 위대하고 강력한 힘을 발휘할 수 있다니, 감탄이 절로 나왔다.

"딱따구리들만 없다면 살기 편할 텐데 말이에요."

프리돌린이 또 한숨을 쉬더니 근심어린 목소리로 말했다.

"맞아요."

마야가 고개를 끄덕였다.

"맞는 말이에요. 딱따구리는 눈에 들어오는 모든 것을 먹어치우니까요."

"그뿐이면 말도 안 하죠. 부주의한 곤충들이 나무껍질 밖으로 나갔다가 딱따구리의 먹잇감이 되는 일은 어쩔 수 없죠. 딱따구리도 먹고 살아야 하니까. 하지만 이 새가 나무껍질 안쪽까지 쪼아서 우리 은신처나 길을 망가뜨리는 건 도저히 용납 못하겠어요."

"맞아요. 그러면 안 되죠. 그리고 딱따구리는 몸집이 너무 커요."

프리돌린은 눈썹을 잔뜩 치켜 올린 채 진지하게 찌푸린 표정으로 고개를

두세 번 끄덕였다. 그는 자신이 마야보다 아는 것이 많다는 사실이 즐거운 듯 보였다.

"몸집이 너무 크다고요? 나는 딱따구리의 덩치 이야기를 하는 게 아니에요. 친구여, 내가 걱정하는 건 그놈의 몸집이 아니라 바로 혀라고요."

마야는 눈을 동그랗게 떴다. 프리돌린의 설명을 듣자하니, 딱따구리의 혀는 길고 가늘며 마치 애벌레처럼 생긴 데다 끝이 뾰족하고 끈적끈적한 모양이었다.

"딱따구리는 내 몸의 길이보다 열 배는 더 긴 혀를 쑥 내민단 말입니다."

나무좀이 팔을 내두르며 말을 이었다.

"이쯤이면 혀가 끝나겠지 생각해도 더 길어진다니까요. 이 양심도 없는 딱따구리 놈은 나무껍질 아래의 모든 틈새와 구석을 뒤지며 이렇게 생각하죠. '이 안에 먹잇감이 있을 거야.' 그리고 우리 도랑에까지 혀를 집어넣어요. 정말 황당할 노릇이죠. 그리고 그 혀에 걸리기만 하면 몸이 찰싹 달라붙어서 밖으로 끌려 나간답니다."

"나는 겁쟁이가 아닙니다. 단연코 겁쟁이는 아니지만, 그 말을 들으니 정말 무섭네요."

마야가 말했다.

"당신은 침이 있으니 문제없겠네요."

프리돌린이 부럽다는 듯이 말했다.

"딱따구리도 혀를 쏘이고 싶지 않다면 당신한테 혀를 들이밀지는 않겠죠. 하지만 우리 같은 곤충은 어쩌겠어요? 내 사촌 하나도 그런 일을 당하고 말았답니다. 그 일이 일어나기 전에 우리는 내 아내 때문에 사소하게 다퉜어요. 나는 지금도 그때 일을 생생하게 기억해요. 내 사촌이 우리 집에 놀러왔었는데, 아직 집 구조를 자세히 파악하지 못하고 있었거든요. 갑자기 딱따구리가 나무를 쪼고 두드리는 소리가 들렸어요. 개중에 몸집이 작은 놈이었죠. 그놈이 우리 집을 제일 먼저 노린 것이 분명했어요. 그렇지 않다면 먼저 다른 곳을 쪼는 소리가 들렸을 테고, 우리는 안전하게 피신했을 거니까요. 그때 가여운 내 사촌 누이가 어둠 속에서 외치는 소리가 들렸습니다. '프리돌린, 나 달라붙었어!' 나는 어쩔 줄을 몰라 허둥댔어요. 그리고 곧 조용해졌습니다. 딱따구리가 옆에 있는 나무로 옮겨가 나무를 쪼는 소리가 들렸죠. 내 사촌은 이미 그놈의 목구멍으로 넘어갔던 겁니다. 그녀의 이름은 아가테였어요."

"내 심장이 뛰는 것 좀 만져보세요."

마야가 조용히 말했다.

"그렇게 급하게 설명하실 필요 없었는데. 아무튼 이 세상에는 정말 별일이 다 있군요."

어린 꿀벌은 자신이 지금까지 경험한 일들을 돌이켜보았다. 그리고 앞으로 겪을지도 모를 일들을 생각했다. 이때 갑자기 프리돌린이 웃기 시작했다. 마야는 깜짝 놀라 그를 쳐다보았다.

"저길 보세요! 위대한 곤충이 나무를 기어오르고 있어요. 정말 대단한 곤충이죠. 곧 모습을 보일 겁니다."

마야는 프리돌린의 시선을 따라 고개를 돌렸다. 특이하게 생긴 곤충 한 마리가 천천히 나무 위로 기어 올라오고 있었다. 마야는 이 세상에 그렇게 생긴 곤충이 있으리라고는 상상도 못했다. 하지만 놀라움보다 두려움이 앞섰다. 그래서 마야는 프리돌린에게 몸을 숨겨야 하는 것이 아닌지 다급하게 물었다.

"걱정 마세요."

나무좀이 말했다.

"안심하고 앉아 있다가 저분이 오면 예의를 차려 인사하면 됩니다. 저분은 아주 교양 있고 학식이 풍부하신 데다 아량이 넓고 겸손하지요. 그리고 배운 것이 많은 곤충들이 으레 그렇듯 조금 이상한 면도 있답니다. 자, 보세요!"

"뭔가 깊이 생각하고 있군요."

아직도 놀란 가슴을 진정시키지 못한 마야가 말했다.

"바람과 싸우고 있는 거예요."

프리돌린이 그렇게 말하고는 웃음 지었다.

"저 다리들이 서로 꼬이지 않아야 할 텐데……."

“저 기다란 실 같은 것들이 정말 다리라고요?”

마야가 눈을 휘둥그레 뜨면서 물었다.

“저런 건 태어나서 처음 봐요.”

둘이 그러는 사이에 낯선 곤충이 가까운 곳까지 올라왔다. 마야는 곤충을 더 자세히 볼 수 있었다. 그 곤충은 공중에 떠서 움직이는 것처럼 보였다. 놀라울 정도로 길고 실처럼 가느다란, 마치 움직이는 꼬챙이 같은 다리 위쪽 높은 곳에 작고 둥근 몸통이 얹어져 있었다. 몸통에서 멀리까지 뻗어 있는 다리는 디딜 곳을 찾아 매우 조심스럽게 더듬더듬 움직였다. 그때마다 갈색 공 같은 몸통이 위아래로 둥실거리며 흔들렸다. 곤충의 다리는 가운데 부분이 구부러진 형태로 몸통보다도 훨씬 높이 솟아 있었다. 그것은 너무나도 길고 가늘어서 여러 개여야지 만약 하나뿐이라면 도저히 몸통을 지탱하지 못할 것 같았다. 마야는 손뼉을 마주쳤다.

“어떻게 저럴 수가! 털 가닥만큼 가느다란 다리를 저렇게 자유자재로 움직여 이동할 수 있다니! 다리들이 마치 자기가 할 일을 알고 있는 것 같지 않나요? 정말 기적이네요, 프리돌린 씨.”

“기적이랄 것까지야 없습니다. 우스워 보일 때는 그저 웃으면 그만이죠.”

“하지만 우스꽝스러운 모습은 아닌데요. 때때로 우리가 남을 비웃는 일이 있는데, 나중에 생각해 보면 그저 다른 곤충을 제대로 이해하지 못한 것뿐이지요."

마야가 이런 말을 할 때, 낯선 곤충이 가까이 다가왔다. 곤충은 높이 솟아 있는 삼각 도형 같은 다리 위에서 마야를 내려다보며 말했다.

"두 분 다 안녕하세요? 바람이 정말 심하게 부네요. 아주 거센 광풍이에요. 그렇지 않습니까? 어떻게 생각하세요? 혹시 나와 생각이 다른가요?"

프리돌린은 애써 웃음을 참고 있었다. 어린 마야는 자신도 그렇게 생각하며, 그래서 오늘은 날지 않는다고 정중하게 대답했다. 그런 다음에는 자기소개를 했다. 무릎 사이로 이리저리 고개를 돌리던 곤충은 마야를 내려다보면서 말했다.

"꿀벌 왕국의 일원 마야 씨라고요? 만나서 정말 반갑습니다. 꿀벌에 대한 이야기는 많이 들었어요. 그런데 솔직히 말하자면, 나는 남에게 자기소개를 할 때마다 망설이게 됩니다. 우리 가문은 매우 널리 퍼져 있어서 각기 다른 이름으로 불리곤 하거든요. 장님거미라고도 불리고, 각다귀라고도 불리고, 통거미라고도 불립니다. 아무튼 나는 거미 가문에 속하고, 이름은 한니발이라고 합니다."

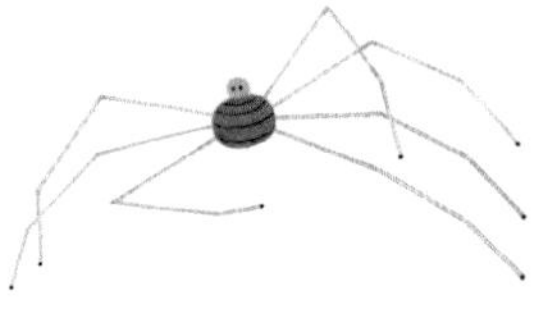

거미라는 이름은 모든 작은 곤충들에게 두려움의 대상이었다.

마야는 놀란 마음을 감추지 못했다. 거미 테클라에게 붙잡혔던 일이 떠올랐기 때문이다. 하지만 한니발은 마야의 동요를 눈치 채지 못한 것처럼 보였다. 마야는 생각했다.

'여차하면 날아가야지. 한니발한테는 날개가 없으니 나를 올려다보는 일밖에 할 수 없을 거야. 그리고 한니발의 거미줄은 다른 곳에 있으니 괜찮아.'

"나는 늘 무언가를 생각합니다. 생각하고 또 생각하지요."

한니발이 말했다.

"괜찮다면 내가 조금 더 가까이 다가가도 될까요? 거기 있는 커다란 나뭇가지 뒤쪽이 안전해 보이네요."

"물론이죠."

마야가 대답하며 자리를 비켰다. 프리돌린은 작별인사를 하고 돌아갔다. 하지만 마야는 한니발에 대해 더 자세히 알고 싶었다.

'세상에는 정말 온갖 종류의 동물이 있구나. 어딜 가든 새로운 종족을 만나게 되니까 말이야.'

마야는 생각했다. 바람이 조금 잠잠해졌다. 나뭇가지 사이로 햇볕이 내리쬐었다. 아래쪽 수풀 어딘가에서 꼬까울새의 노랫소리가 울려 퍼져 온 숲을 행복으로 가득 채웠다. 마야는 나뭇가지 위에 앉은 꼬까울새를 발견했다. 새가 노래를 부를 때마다 목이 떨리는 모습이 보였다. 새는 햇빛이 비치는 쪽으로 고개를 높이 들고 있었다.

"내가 저 꼬까울새처럼 노래를 할 수 있다면, 난 꽃 위에 앉아 하루 종일 노래를 할 거예요."

마야가 말했다.

"당신이 윙윙거리는 소리가 아름다운 노랫소리인걸요."

한니발이 마야를 추켜세웠다.

"저 새는 참 행복해 보이네요."

어린 꿀벌이 다시 말했다. 그러자 장님거미가 말했다.

"당신은 매우 공상적인 곤충이군요. 만약 모든 동물이 자신이 할 수 없는 일을 하길 원한다면, 이 세상은 엉망진창이 될 거예요. 생각해 보세요. 꼬까울새가 꼭 침이 있었으면 하고 바란다거나 염소가 날아다니면서 꿀을 모을 수 있기를 바란다면 어찌되겠어요? 개구리도 내가 가진 것과 똑같은 다리를 원할지도 몰라요."

마야가 소리 내어 웃었다.

"그런 뜻이 아니에요. 나는 저 새가 노래로 세상을 행복하게 만들듯이, 주위를 기쁘게 만들고 싶을 뿐이에요. 그런데 그럴 수 있는 방법이 대체 뭘까요?"

얘기를 하던 마야가 갑자기 소리쳤다.

"이런 세상에, 당신은 다리가 하나 더 많군요! 다리가 일곱 개나 되네요."

이마를 찌푸린 한니발이 마음에 들지 않는다는 듯 자신의 다리를 살펴보았다.

“이제야 당신도 눈치 챘군요.”

한니발이 침울한 목소리로 말했다.

“나는 다리가 하나 더 많은 게 아니라, 하나 모자란 겁니다.”

“그러면 원래는 다리가 여덟 개란 말인가요?”

마야가 깜짝 놀라 물었다.

“맞아요. 우리 거미들은 다리가 여덟 개랍니다. 우린 여덟 개의 다리가 모두 필요하죠. 그리고 다리가 여덟 개인 편이 더 품위 있기도 하고요. 하지만 안타깝게도 나는 다리 하나를 잃었어요. 뭐, 살다보면 익숙해지는 일이지만요.”

“다리를 하나 잃었다니, 정말 상심이 컸겠군요.”

마야가 진심으로 안타까워하며 말했다. 한니발은 다리 하나로 턱을 괴고서 다른 곤충이 자신의 다리 수를 세지 못하도록 자세를 잡았다.

“무슨 일이 벌어졌는지 말씀드리죠. 이런 사건이 발생하면 늘 그렇듯 당연하게도 인간과 연루된 일이랍니다. 우리 곤충들이 아무리 주의해도 경솔한 인간은 우리를 마치 나무토막 다루듯 대하죠. 내가 어떻게 이런 원통한 사고를 당했는지 말씀드려도 될까요?”

한니발이 말했다.

“네, 부탁이에요. 꼭 듣고 싶어요. 당신은 꽤 다양한 경험을 하신 모양이네요."

"맞아요. 그럼 잘 들으세요. 우리 종족은 야행성이랍니다. 그 점은 잘 알고 계시겠죠? 아무튼 나는 당시에 어느 녹색 정자에 살았어요. 정자 바깥쪽은 담쟁이덩굴로 뒤덮여 있었죠. 곳곳에 깨진 창문이 있어 드나들기 쉬운 곳이었답니다. 날이 어두워지면 늘 인간 하나가 정원을 가로질러 정자로 왔어요. 손에는 그가 램프라고 부르는 인공 태양을 들고 다른 손에는 병 하나를, 팔 아래에는 종이를 끼고요. 주머니에는 작은 병이 하나 더 들어 있었죠. 그는 모든 물건을 책상에 내려놓고 깊은 생각에 빠졌어요. 생각이 떠오르면 종이에 써야 하니까요. 당신도 숲이나 정원에서 종이를 본 적이 있을 겁니다. 그 위에 쓰인 검은 흔적은 인간이 자기 생각을 남겨둔 것이랍니다."

"정말 대단하네요."

이렇게나 많은 이야기를 듣게 되어 행복하다는 듯 마야가 감탄했다. 한니발이 말을 이었다.

"그런 일을 하려고 인간은 아까 말한 병 두 개를 가지고 다니는 거랍니다. 인간은 작은 병에 나무 막대기를 꽂아두고 큰 병에 든 것은 마셔요. 그 액체를 많이 마실수록 작업이 더 잘 이루어지는 모양입니다. 인간은 우리에 관해 알고 있는 모든 내용을 종이에 써요. 아주 열심히 쓰죠. 하지만 많은 내용을 쓰지는 못해요. 아직까지는 인간이 우리 곤충들에 대해 아는 것이 그다지 많지 않으니까요. 특히 우리의 정신생활에 관한 내용은 거의 모르고 있죠. 우리가 마음 깊이 느끼는 공포도 인간은 짐작조차 하지 못해요. 이제 그 이야기를 할게요."

"인간을 좋아하지 않으시나요?"

마야가 물었다.

"좋아하는 면도 있어요."

장님거미가 그렇게 대답하고는 고개를 숙여서 아래를 내려다보았다.

"하지만 인간 때문에 다리가 일곱 개가 되고 나니 인간을 싫어하는 마음이 더 커졌어요."

"아, 그렇군요!"

고개를 끄덕이는 마야를 보면서 한니발이 계속해서 이야기했다.

"어느 날 저녁 나는 늘 그랬듯이 창문가에서 사냥을 하고 있었어요. 인간은 병 두 개를 앞에 두고 앉아 심각한 고민에 빠져 있었죠. 나는 상당히 화가 났답니다. 내가 먹잇감으로 노리고 있던 작은 파리나 모기들이 떼를 지어 인간의 인공 태양 쪽으로 몰려가버렸거든요. 작은 곤충들은 신이 나서 인공 태양을 뚫어져라 들여다보고 있었어요. 정말이지, 못 배운 곤충들이란."

"하지만 그런 게 있다면 나라도 구경했을 거예요."

마야가 대꾸했다.

"그냥 구경만 하는 건 괜찮아요. 하지만 뚫어져라 쳐다보는 건 달라요. 언젠가 기회가 있다면 그 머저리들이 하는 짓을 지켜보세요. 스무 번이나 머리를 찧는 놈들은 그나마 양반이라고요. 대부분은 자기 날개가 전부 타버릴 때까지 그러고 있다니까요. 그러면서도 정신을 차리지 못하고 불빛만 바라보고 있죠."

"불쌍해라. 그 곤충들은 제대로 판단을 내리지 못하나 봐요."

"그놈들에게는 차라리 창문 틈이나 나뭇잎 아래에 앉아 있는 편이 훨씬 낫죠. 그곳은 램프 불이 닿지 않아 안전하고, 나로서도 그 놈들을 사냥하기 수월한 장소니까요. 아무튼 그 운명적인 밤에 창문가에 있던 나는 램프 근처에 떨어져서 숨이 꺼져가는 모기 몇 마리를 발견했어요. 지켜보고 있자니 인간은 모기들에게 관심이 없더군요. 그래서 그 모기들을 내가 잡아먹기로 결심했죠. 당연한 생각 아닙니까?"

"그러게요."

마야가 맞장구쳤다.

"하지만 그게 내 불행이었습니다. 나는 소리 없이 조심스럽게 책상 다리를 타고 올라갔어요. 책상 모서리 위를 볼 수 있는 위치까지. 인간은 무지막지하게 거대하더군요. 나는 그가 하는 행동을 관찰했죠. 그리고 아주 천천히, 다리를 하나하나 움직여 살금살금 램프 쪽으로 다가갔어요. 내가 병 뒤에 숨어 있는 동안은 아무런 일도 일어나지 않았어요. 그런데 병 뒤에서 나서는 순간, 인간이 내 쪽으로 손을 뻗었어요. 그리고 내 다리 하나를 손가락 사이에 끼워서는 나를 자신의 커다란 눈앞까지 들어 올리더군요. 그런 후에 이렇게 말했어요. '이런, 이게 뭐야?' 그 야만인은 재미있는 장난감이라도 본 것처럼 나를 향해 씩 웃었죠."

한니발이 한숨을 쉬었다. 그리고 마야는 아무 말도 하지 않았다. 하지만 곧 호기심을 견디지 못해 초조하게 물었다.

"인간의 눈이 그렇게 큰가요?"

"그런 것보단 내가 당한 일이 훨씬 중요하죠."

한니발이 화를 내며 소리쳤다.

"내 기분이 어땠을지 생각해 보시라고요. 다리 하나가 붙잡힌 채로 달랑 들려서 내 몸보다 스무 배는 더 큰 눈앞에 매달린 내 심정이 어땠을지 짐작해 보세요. 인간의 입 안에서 하얗게 빛나던 이 하나가 내 몸집보다 두 배는 크더군요. 상상하니 기분이 어떤가요?"

"너무 끔찍해요. 정말 무섭네요!"

마야가 말했다.

"그때 다행히 내 다리가 끊어졌답니다. 만약 다리가 계속 붙어 있었다면, 대체 어떤 일이 일어났을지. 나는 바닥에 떨어지자마자 남은 다리로 온 힘을 다해 달려서 도망쳤어요. 그리고 병 뒤에 안전하게 몸을 숨긴 다음, 인간에게 온갖 저주와 협박을 퍼부었죠. 그랬더니 인간이 더는 나를 쫓아오지 않더군요. 가만히 지켜보니 인간은 떨어진 내 다리를 하얀 종이 위에 올려놓고 그것이 도망이라도 갈 것처럼 들여다보더군요. 하지만 내가 없으면 다리가 혼자 도망치지는 못하죠."

"끊어진 다리가 그때까지 움직이고 있었나요?"

마야가 놀라서 물었다.

"그럼요."

한니발이 별일 아니라는 듯 대답했다.

"우리 거미들 다리는 끊어져도 움직이거든요. 내 다리는 움직이고 있었지만, 몸체가 없어서 어디로 갈지 모른 채 갈팡질팡하고 있었어요. 한 자리에서 맴돌며 꿈틀거리기만 했죠. 인간은 그 모습을 지켜보면서 코를 만지작거리며 웃더군요. 내 다리가 맡은 바 임무를 수행하려는 노력을 비웃다니, 어찌나 잔혹한 놈이던지!"

"말도 안 되는군요. 똑다리가 어떻게 움직여요?"

어린 마야가 질겁하며 물었다.

"똑다리가 뭔가요?"

한니발이 물었다.

"똑 잘려나간 다리라는 뜻이에요. 꿀벌들은 그렇게 말해요."

"교양 있는 어른들 사이에서는 애들이나 쓸 법한 그런 단어를 쓰지 않아요."

한니발이 단호하게 내뱉었다.

"끊어진 다리라고 하는 편이 좋아요. 어쨌든 우리 거미들 다리는 끊어지고 난 후에도 움직인답니다."

"그럴 리가요. 증거가 없으면 믿지 못하겠어요."

마야가 말했다.

"그럼 내가 다리 하나를 더 뜯어내야 믿겠다는 겁니까?"

한니발이 화를 냈다.

"아까부터 생각했지만, 당신과는 상종을 못 하겠네요. 여태까지 나한테 그런 요구를 한 곤충은 없었다고요. 알겠습니까?"

마야는 매우 당황했다. 장님거미가 어째서 그렇게 화를 내는지, 자신이 도대체 무슨 잘못을 한 것인지 알 수 없었다.

'낯선 곤충과 친구가 되기란 쉬운 일이 아니구나. 저마다 생각이 다르니까. 나쁜 뜻으로 한 말이 아닌데 오해하는 경우도 많고.'

그런 생각이 들자 마야는 조금 슬퍼졌다. 마야는 기다란 다리로 서 있는 커다란 거미에게 조심스러운 눈길을 보냈다. 거미는 표정에 언짢음을 드러내고 있었다.

"어쩌면 당신을 잡아먹는 것도 나쁘지 않겠어요."

갑자기 거미가 입을 열었다. 마야의 온순한 태도를 보고 얕본 모양이었다. 그러자 어린 꿀벌에게 아주 이상한 일이 일어났다. 슬픈 감정은 온데간데없이 사라지고, 가슴에서 우러난 용기가 놀라움과 두려움이 있던 자리를 채웠다. 몸을 살짝 세운 마야는 저도 모르게 높고 맑은 날갯짓 소리를 냈다. 그리고 눈을 번득이면서 아름답고 투명한 날개를 편 채로 소리쳤다.

"이보세요, 나는 꿀벌이라고요!"

"실례했군요."

한니발이 그렇게 말하고는 인사도 없이 등을 돌렸다. 그러더니 다리 일곱 개를 부지런히 움직여 가능한 한 빠른 속도로 나무줄기를 타고 내려갔다. 그 모습을 본 마야는 큰 소리로 하하하 웃었다. 그때 나무 밑동 쪽에서 한니발이 욕을 퍼붓기 시작했다.

"이런 못된 곤충 같으니! 나처럼 불운한 일을 겪어 장애가 있는 곤충에게까지 침을 들이대다니. 나는 제대로 움직이지도 못하는데 말이야. 하지만 당신 운명도 머잖아 끝날 거야. 어디 한번 곤경에 처했을 때, 내 생각이나 하면서 후회해 보라지!"

한니발은 땅에 있는 머위 잎사귀 아래로 사라졌다. 어린 꿀벌은 한니발이 외치는 소리를 더 이상 들을 수 없었다. 어쨌든 마야는 이제 기분이 좋았다. 바람이 거의 잠잠해졌고, 화창한 날이 어린 꿀벌을 기다리고 있었기 때문이다.

짙은 파랑색이 펼쳐진 높은 하늘에서 하얀 구름이 움직이고 있었다. 구름은 하느님의 거룩한 생각처럼 잔잔하고 행복해 보였다. 마

야는 당장이라도 빽빽한 그늘이 드리워진 숲속 풀밭이나 햇볕이 내리쬐는 호수 너머 언덕으로 날아가고 싶었다. 그곳에서는 모든 곤충들이 행복하게 살고 있을 것만 같았다.

가느다란 풀들이 바람에 흔들렸다. 숲 가장자리에 파인 좁은 도랑에서는 키 크고 노란 붓꽃이 자라 있었다. 붓꽃 꽃받침에 앉으면 전나무 숲의 비밀스러운 밤을 들여다볼 수 있었다. 햇빛마저도 붉고 희미한 빛으로 만들어버리는 그 고요한 어둠 속에 동화에 나오는 마을이 존재한다는 사실을 마야는 알고 있었다.

마야는 벌써 하늘 높이 떠올랐다. 자신이 날고 있다는 것도 인식하지 못한 채였다. 숲속의 잔디와 꽃이 가득한 언덕이 마야를 부르고 있었다. 마야는 생각했다.

'아, 신이시여! 산다는 것은 정말 멋지군요!'

10

어느 날 밤 일어난 기적

이처럼 어린 마야는 여러 곤충과 어울리며 새내기 꿀벌 시절을 보냈다. 물론 떠나온 곳이 그립기도 했다. 찬란한 여름 세상을 누비며 즐거운 일과 위험한 일을 겪고 있노라면 태어나서 가장 처음 만났던 꿀벌 동료들이 보고 싶었다. 마야는 동료들이 일군 왕국으로 돌아가고 싶어 향수병이 일 때도 있었다. 질서 있는 생활이 그립거나 유익한 일을 하고 싶다는 생각이 들 때도 있었다. 자신과 같은 꿀벌들하고 함께 지내고 싶기도 했다.

하지만 천성적으로 얌전하지 못한 마야가 꿀벌 왕국에 머물렀더라면 행복하지 못했을 것이다. 인간 사회와 마찬가지로 동물 사회에도 관습을 따르지 않는 별난 구성원이 존재한다. 이런 구성원을 함부로 판단하지 않도록 조심해야 한다. 또한 그들을 존중해야 한다. 왜냐하면 이런 별난 태도가 항상 게으름이나 고집에서 비롯되는 것은 아니기 때문이다. 별난 태도는 종종 평범한 삶보다 더 고귀한 것, 더 나은 것을 추구하는 마음에서 비롯된다. 따라서 젊은 시절 난봉꾼으로 불리던 구성원이 어느 날 경험 많고 지혜롭고 이해심 넓고 온화한 어른이 되는 일도 적지 않은 것이다.

어린 마야 또한 원래는 순수하고 넓은 마음을 지니고 있었다. 마야는 자신이 태어난 넓고 아름다운 세상을 더 자세히 알고 싶었다. 그래서 위대한 자연과 마주할 때면 알고자 하는 욕망과 크나큰 기쁨에 어쩔 줄 몰라 했다. 결국 값진 경험이라는 행복을 누리게 되었다. 하지만 홀로 지내는 외로움을 견디는 일은 쉽지 않았다. 경험을 쌓을수록 친구나 동료와 어울려 애정을 나누고 싶다는 바람도 커졌다. 마야는 이제 더 이상 어리기만 한 꿀벌이 아니었다. 건강하게 반짝이는 날개, 뾰족하고 위협적인 침을 가진, 삶의 위험과 기쁨을 충분히 알고 있는 강하고 훌륭한 꿀벌이 되었다. 마야는 여러 가지 사건을 겪었고, 수많은 지식을 쌓았다. 그리고 그것을 올바르게 사용할 수 있기를 바랐다.

어쩌면 마야는 어느 날 벌집으로 돌아가 여왕 앞에 몸을 내던지고 용서를 빌면서 다시 꿀벌 왕국의 일원으로 받아들여 달라고 애원할지도 모른다. 하지만 아직까지는 인간을 알고 싶은 불타는 열

망이 마야의 행로를 반대로 이끌고 있었다. 지금껏 마야는 인간에 대해 상당히 모순되는 이야기들을 들었다. 그때마다 혼란이 가중되었으나, 인간이 세상에서 가장 힘세고 영리하며 숭고한 존재라는 사실을 어렴풋이 느끼고 있었다.

마야는 하늘 높은 곳에서 이리저리 날다가 저멀리 서 있는 인간들을 본 적이 있었다. 인간들은 검은색, 흰색, 빨간색 등 각양각색의 크고 작은 옷을 입고 있었다. 하지만 마야는 도무지 인간에게 가까이 다가갈 용기가 나지 않았다.

어느 날은 시냇가에서 빨간색으로 반짝이는 무언가를 발견했다. 마야는 그것이 화단인줄 알고 그쪽으로 날아갔다. 그런데 가까이 가서 보니 금색 머리카락에 불그스름한 얼굴을 한 인간이 빨간 옷을 입고 시냇가 꽃밭에 누워 잠들어 있었다. 인간은 덩치가 무척이나 컸지만 착하고 온순해 보였다. 마야는 감격해서 눈물이 다 날 지경이었다. 주변의 모든 상황을 잊고 그저 잠들어 있는 인간을 바라볼 수밖에 없었다. 인간에 대한 나쁜 이야기가 모두 사실일 리 없었다. 마야는 그것이 전부 악의적인 거짓말이라고 생각했다. 조곤조곤 속닥거리는 자작나무 그늘 아래 잠들어 있는 인간은 마야의 눈에 매우 사랑스러운 존재로 비쳤다.

잠시 후 모기 한 마리가 다가와 마야에게 인사했다.

"멋지죠!"

마야가 기쁨에 겨워 황홀한 목소리로 소리쳤다.

"저기 있는 인간을 좀 보세요. 얼마나 아름답고 착해 보이는지! 감동적이지 않나요?"

놀란 눈초리로 마야를 쳐다본 모기는 어린 꿀벌이 감탄하며 바라보고 있던 인간 쪽으로 천천히 몸을 돌렸다.

"그러게요."

모기가 대답했다.

"나쁘지 않네요. 조금 전에 내가 저 인간을 한 방 쏘았답니다. 보세요. 내 몸이 인간의 피 때문에 붉어졌잖아요."

마야는 모기의 대범함에 놀라 한 손으로 가슴을 감싸고는 물었다.

"인간이 곧 죽게 되나요?"

마야가 외쳤다.

"어디에 상처를 입혔나요? 당신은 어떻게 그렇게 용감하죠? 그리고 어떻게 그렇게 잔인한가요? 당신은 정말 사나운 곤충이군요!"

모기가 웃음을 터뜨리더니 높고 맑은 목소리로 즐겁다는 듯 대답했다.

"저건 아주 어린 인간이에요. 이 정도 크기의 인간이 무릎까지 오는 색색깔의 덮개를 신으면 소녀라고 불리게 되죠. 물론 나는 그 덮개를 뚫을 수 있지만 피부까지는 닿지 못해요. 당신은 정말 깜짝 놀랄 정도로 무지하군요. 인간이 착하다고 생각하는 건가요? 나는 여태까지 단 한 방울이라도 자발적으로 피를 내놓는 인간을 본 적이 없어요."

"사실 나는 인간에 대해 아는 것이 별로 없어요."

마야가 풀죽은 목소리로 말했다.

"하지만 당신은 모든 곤충들 중에서 인간과 가장 가깝잖아요. 꿀벌들은 인간과 상부상조하면서 사니까요. 그건 누구나 아는 사실이지요."

"나는 꿀벌 왕국을 떠나왔답니다."

마야가 부끄러워하며 속삭였다.

"왕국이 싫었거든요. 나는 세상을 보고 배우고 싶었어요."

"그렇군요. 당신 같은 꿀벌은 처음 봐요."

모기가 마야의 곁으로 한 걸음 더 다가왔다.

"이리저리 떠도는 버릇은 어디서 생긴 겁니까? 어쨌든 당신이 그렇게 독립적인 꿀벌이라니, 마음에 쏙 드네요. 나는 절대로 인간에게 봉사하며 살지는 않을 거예요."

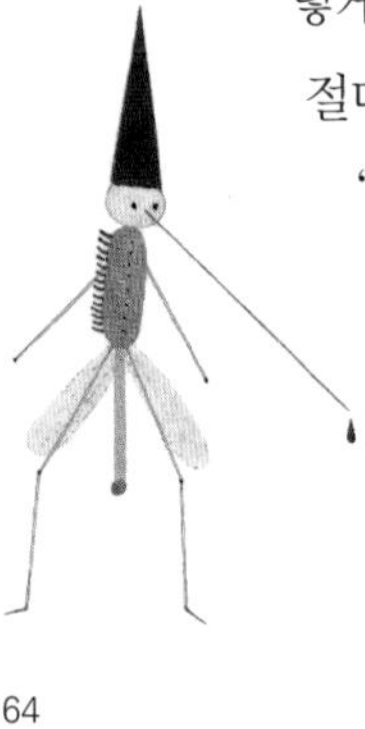

"그렇지만 인간도 우리에게 도움을 주는데요."

마야가 말했다. 꿀벌 종족이 무시당하는 일은 참을 수 없었다.

"그렇겠죠. 당신은 어느 가문 소속인가요?"

"나는 궁정 공원에 있는 꿀벌 가문에서 왔어

요. 우리 여왕님은 헬레네 8세이시고요."

"그렇군요!"

모기가 허리를 굽혀 인사했다.

"정말 훌륭한 가문이죠. 경의를 표합니다. 얼마 전에 당신 가문에서 혁명이 일어나지 않았나요? 무리에서 떨어져 나온 정찰병에게 들었어요. 내 말이 맞나요?"

"맞아요."

마야가 자랑스럽게 대답했다. 자신의 종족이 그렇게 높은 평가를 받고 널리 알려져 있다니, 무척이나 뿌듯하고 기뻤다. 마야의 마음 깊은 곳에서 다시금 꿀벌 동료들을 향한 그리움이 피어올랐다. 또 여왕과 꿀벌 왕국의 안녕을 위해 대단하고 유익한 일을 할 수 있었으면 좋겠다는 사명감이 들끓었다. 그래서 마야는 모기한테 인간에 대해 질문할 기회를 놓치고 말았다. 어쩌면 모기에게 물어봤자 좋은 이야기를 듣지 못할 것이 뻔해서 물어보지 않았는지도 모른다. 모기라는 곤충은 뻔뻔스럽고 건방진 모양이었다. 이런 곤충은 다른 종족에 대해 험담만 늘어놓을 뿐이었다. 아무튼 모기는 금방 자리를 떠나 날아가 버렸다.

"나는 피를 더 마시러 가봐야겠습니다."

모기가 말했다.

"나중에 친구들과 저녁노을 빛을 받으며 날아다닐 생각이랍니다.

그러면 보통 그 다음 날 날씨가 좋아지거든요."

마야는 그 자리를 떠났다. 잠자는 소녀에게 모기가 나쁜 짓을 하는 모습을 지켜볼 수 없었기 때문이다. 마야는 모기가 그런 짓을 하고도 살아남을 수 있다는 사실을 의아하게 여겼다. 예전에 카산드라는 이렇게 말했다.

"인간을 찌르면 너도 죽는단다."

모기와 만난 일은 마야의 기억에 또렷하게 새겨졌다. 하지만 인간을 알고 싶다는 마야의 바람은 거의 채워지지 않았다. 마야는 더 대범해지기로 결심했다. 그리고 목표를 달성하기 위해서라면 어떤 노력도 마다하지 않겠다고 다짐했다.

그러던 어느 날 마야의 소원은 기대했던 것보다 훨씬 아름답고 멋지게 이루어졌다. 그날 마야는 평소보다 일찍 잠자리에 들었다. 그리고 한밤중에 갑자기 눈을 떴다. 여태 한 번도 그런 적이 없었는데, 희한한 일이었다. 마야가 눈을 떴을 때, 작은 침실은 고요한 푸른빛으로 가득 차 있었다. 마야는 이루 말할 수 없을 만큼 깜짝 놀랐다. 푸른빛은 입구에서부터 새어 들어오고 있었다. 출입문에 푸르스름한 은빛 커튼이 쳐진 것 같았다. 마야는 빛에 손을 대볼 엄두도 나지 않았다. 하지만 기묘하면서도 아름답고 평화로운 빛이라서 이내 두려움이 사라졌다. 바깥에서는 마야가 한 번도 들어보지 못한 맑고 조화로운 소리가 울려 퍼졌다. 마야는 조심스럽게 걸음을 옮졌다. 그리고 때 아닌 시간에 나타난 빛에 매료되어 나무 구멍의 입구 쪽으로 걸어 나갔다.

마침내 밖을 내다보자, 온 세상이 마법에 걸린 것처럼 보였다. 수천 개는 될 법한 은빛 진주알들이 잔디밭을 뒤덮은 채 반짝반짝 빛을 발했다. 저멀리 보이는 풀밭은 부드러운 베일에 덮여 있었고, 자작나무 가지와 잠든 잎사귀들은 은색 물감으로 칠해져 있었다. 고요하고 축복에 찬 먼 곳까지, 주변이 온통 은은한 푸른빛으로 물든 상태였다.

“이게 바로 밤이구나. 오직 밤만이 이럴 수 있지.”

마야가 두 손을 모으고 나직하게 말했다.

너도밤나무 잎사귀로 살짝 가려진 높은 하늘에는 밝은 은빛 보름달이 떠 있었다. 달빛이 내려앉아 온 세상을 아름답게 비추었다. 그제야 마야는 보름달 주변에 반짝이는 빛줄기가 무수히 떠 있는 모습을 보았다. 그 모습은 마야가 여태까지 보았던 그 어떤 빛보다도 아름답고 고요했다. 밤과 달, 그리고 별이 어우러져 만들어낸 황홀한 기적을 경험한 마야는 행복감에 흠뻑 젖어들었다. 눈앞에 보이는 모든 것이 거짓말 같았다. 지금껏 이런 이야기는 들어보기만 했지 직접 겪은 적이 없었기 때문이다.

가까운 곳에서 소란스러운 밤의 노랫소리가 다시 들려왔다. 멀리까지 퍼지는 그 노랫소리 때문에 마야가 잠에서 깬 것이 분명했다.

마치 누군가가 날개와 몸을 떨며 맑은 은빛 소리를 내는 것 같았다. 달빛이 땅으로 떨어지면서 울리는 소리 같기도 했다. 마야는 주변을 둘러보며 소리가 나는 근원지를 찾았다. 하지만 빛과 어둠이 한데 뒤엉켜 있어서 물체를 정확히 구분하기가 어려웠다. 모든 것이 비밀스럽게 덮여 있으면서도 장렬하리만치 아름다웠다. 마야는 더 이상 집 안에 숨어 있을 수가 없었다. 세상이 감춰둔 새로운 화려함을 즐기러 나가야만 했다.

'나는 나쁜 짓을 하려는 게 아니니까, 신이 나를 지켜주실 거야.'

마야는 생각했다. 어린 꿀벌은 푸른빛을 뚫고 보름의 달빛이 비치는 잔디밭 위로 날아갈 참이었다. 바로 그때 옆에 있는 너도밤나무 잎사귀 위로 날개 달린 조그만 곤충이 기어 올라오는 모습이 보였다. 처음 보는 곤충이었다. 곤충은 잎사귀 위에 자리 잡더니 달을 향해 몸을 조금 세웠다. 그런 후에 좁다란 날개를 약간 들어 작은 다리로 날개 가장자리를 이리저리 문질렀다. 마치 눈에 보이지 않는 바이올린이라도 연주하는 모양새였다. 이내 곤충에게서는 달빛이 비치는 밤을 가득 채우던 선율이 흘러나왔다.

"정말 아름다워. 천국에라도 온 것 같은 기분이야."

마야가 말했다. 그러고는 서둘러 곤충 곁으로 날아갔다. 여름밤은 미지근했다. 마야의 작은 다리에 닿는 밤공기는 한낮에 비해 조금도 시원해지지 않은 것 같았다. 마야가 낯선 곤충이 올라선 잎사귀 위에 당도하자, 곤충이 연주를 멈추었다. 마야는 그때만큼 세상이 고요하다고 느낀 적이 없었다. 너무 조용해서 스산할 정도였다. 어두운 나뭇잎 사이로 하얗고 청량한 빛이 쏟아졌다.

"안녕하세요."

마야가 재빨리 공손한 태도로 인사했다. 밤에도 낮에 하는 것처럼 인사해야 한다고 생각했기 때문이다. 마야가 이어서 말했다.

"방해했다면 미안합니다. 당신 연주가 굉장히 아름다워서요. 그 소리를 들으니 저절로 여기까지 오게 되었습니다."

낯선 곤충은 눈을 커다랗게 뜨고서 마야를 찬찬히 살펴보았다. 그리고 입을 열었다.

"당신은 기어 다니는 곤충 같은데, 무슨 종족인가요? 당신같이 생긴 곤충은 처음 봐요."

"나는 기어 다니는 곤충이 아니에요."

마야가 진지하게 대답했다.

"나는 꿀벌 왕국에서 온 마야입니다."

"꿀벌 일족이시군요. 그런데 당신네 꿀벌들은 낮에 생활하지 않나요? 고슴도치한테서 꿀벌 이야기를 들은 적이 있어요. 고슴도치는 밤에 집 밖으로 던져진 죽은 꿀벌을 먹은 적이 있다고 하더군요."

"맞아요."

마야가 조금 겁을 먹은 목소리로 말했다.

"그건 사실이에요. 카산드라가 이야기해 준 적이 있거든요. 고슴도치는 저녁노을이 질 무렵에 나타난대요. 그리고 입맛을 다시며 죽은 꿀벌을 찾죠. 문지기 꿀벌도 그렇게 말했어요. 그나저나 당신은 고슴도치와 친분이 있나요? 고슴도치는 정말 흉악한 동물이잖아요."

"나는 그렇게 생각하지 않아요."

낯선 곤충이 말했다.

"우리 귀뚜라미들은 고슴도치와 잘 지낸답니다. 물론 고슴도치는 늘 우리를 잡아먹을 궁리를 하는 것 같아요. 그런데 단 한 번도 성공한 적이 없어요. 그래서 우리는 고슴도치를 골탕 먹이는 놀이를 즐긴답니다. 우린 고슴도치더러 아저씨라고 불러요. 누구나 자기 삶을 살아야죠. 만약 그 동물이 나를 잡아먹지만 않는다면, 나는 아무런 상관이 없어요."

마야가 고개를 저었다. 낯선 곤충과 생각이 달랐기 때문이다. 하지만 반대 의견을 드러내 낯선 곤충의 기분을 상하게 만들고 싶지 않았다. 그래서 마야는 다정하게 물었다.

"그러니까 당신이 귀뚜라미라는 거군요?"

"네, 맞아요! 귀뚜라미예요. 이제 나를 그만 방해하시겠어요? 나는 연주를 해야 하거든요. 보름달이 뜬 밤은 정말 아름답죠."

"오늘밤만 예외로 하시면 안 되나요? 밤에 대해서 알려주세요."

마야가 부탁했다.

"여름밤은 세상에서 가장 아름다운 시간이죠."

귀뚜라미가 대답했다.

"마음을 기쁨으로 채워주니까요. 당신이 내 연주에서 들을 수 없는 내용은 나도 설명할 수가 없어요. 모든 것을 다 알아야 할 이유는 없잖아요? 우리는 세상에 대해 아주 조금밖에 알지 못하는 불쌍한 존재랍니다. 하지만 이 세상의 모든 경이로움을 느낄 수 있죠."

말을 마친 귀뚜라미가 맑고 고운 음악을 연주하기 시작했다. 마야가 가까이에서 들으니 매우 크고 웅장한 소리였다. 어린 꿀벌은 푸르스름한 여름 밤하늘 아래 미동도 없이 앉아 그 소리를 들으며 삶에 대해 다시금 깊이 생각했다. 곧 주변이 조용해졌다. 나지막하게 푸드덕거리는 소리가 나더니 귀뚜라미가 달빛 아래 멀리 날아가는 모습이 보였다.

'밤이 되니 울적해지는구나.'

마야가 생각했다. 꿀벌의 눈길은 시냇가로 향했다. 달빛을 짊어진 채 빠르게 흐르는 시냇물에는 수련들이 고운 자태를 드리우고 있었다. 황홀한 광경이었다. 시종 무언가를 속삭이며 반짝이는 시냇물 곁에서 수련들은 고개를 숙인 상태였다.

'수련들은 행복에 취해 잠든 거야.'

어린 꿀벌이 생각했다. 마야는 달빛을 온몸으로 받고 있는 수련의 하얀 꽃잎 위로 날아가 살포시 앉았다. 그리고 힘차게 흐르는 시냇물을 그윽한 눈길로 바라보았다. 시냇물 이곳저곳에서 무언가가 반짝이다가 금방 사라졌다. 시냇물 건너편에서는 자작나무가 희미하게 빛났다. 마치 나뭇가지에 별이 매달려 있는 것 같았다.

'이 물은 다 어디로 흘러가는 걸까? 귀뚜라미의 말이 맞았어. 우리는 이 세상에 대해 아는 것이 거의 없어.'

이런 생각을 할 때, 가까이에 있는 수련 꽃받침 속에서 맑고 고운 노랫소리가 들렸다. 마치 청량한 종소리처럼 울리는 그 소리는 이 세상의 것이 아닌 듯했다. 마야의 심장이 세차게 뛰었다. 숨이 막혀왔다.

'오, 무슨 일이 벌어지는 걸까? 나는 무엇을 보게 되는 걸까?'

수련이 살짝 흔들렸다. 꽃잎 하나가 안쪽으로 오므라들더니 아주 작고 눈처럼 새하얀 인간의 손이 빠져나와 앙증맞은 손가락으로 꽃잎을 붙들었다. 곧 금발머리가 솟아오르고, 뒤이어 하얀 옷을 입은 가볍고 부드러운 몸이 나타났다. 수련에서 나타난 것은 아주 작은 인간이었다.

마야가 느낀 놀라움과 경이로움은 말로 표현할 수 없을 정도였다. 마야는 눈앞에 나타난 존재를 멍한 표정으로 계속 쳐다보았다.

자그마한 인간은 꽃잎 가장자리로 올라와 달빛을 향해 양팔을 들어 올렸다. 그리고 행복한 미소를 지으며 인간 세상의 밝은 밤을 바라보았다. 어느 순간, 작은 인간의 투명한 몸이 떨리더니 어깨에서 갑자기 빛나는 날개 한 쌍이 튀어나왔다. 달빛보다도 밝고 눈보다도 깨끗한 하얀색 날개였다. 날개는 금발머리 위부터 발아래까지 길게 늘어졌다.

어린 마야는 여태까지 이토록 사랑스러운 존재를 단 한 번도 본 적이 없었다. 반짝반짝 빛나는 작은 인간은 그 자리에 서서 하늘을 향해 팔을 벌리고 다시 목소리를 내기 시작했다. 마야는 작은 인간의 노래가 밤하늘에 울려 퍼지는 소리를 들었다.

내 고향은 빛이라네. 밝은 하늘은 나의 친구
삶과 죽음은 변하지만 내 영혼은 영원하지
내 영혼은 모든 아름다움과 신의 얼굴과
그가 창조한 모든 것에서 흘러나오는 숨결이라네

마야는 눈물을 흘리기 시작했다. 스스로도 왜 눈물이 나는지 알 수 없었다. 슬프면서 동시에 행복했다. 그때 작은 인간이 마야 쪽으로 몸을 돌렸다.

"거기서 우는 게 누구지?"

작은 인간이 맑은 목소리로 물었다.

"제가 울고 있어요. 방해해서 죄송합니다."

마야가 말했다.

"왜 울고 있었지?"

"저도 모르겠어요. 아마도 당신이 지나치게 아름다워서 그런가 봐요. 당신은 누구신가요? 실례가 안 된다면 당신이 누구신지 알려주세요. 당신은 틀림없이 천사시겠죠?"

"아니란다."

작은 인간이 그렇게 말하고는 진지한 눈빛으로 마야를 가만히 바라보았다.

"나는 꽃의 요정이야. 하지만 나한테는 어떤 이야기든 해도 좋아. 이렇게 어린 꿀벌이 한밤중에 잔디밭에 나와 무얼 하고 있니?"

마야의 곁으로 날아온 요정이 고개를 숙인 수련 꽃잎 위에 앉았다. 꽃잎이 살짝 흔들렸다. 요정은 진지하고 다정한 눈길로 어린 꿀벌을 바라보았다. 마야가 요정에게 자신이 아는 것과 알고 싶은 것, 여태까지 한 일을 모두 이야기하는 동안, 요정의 검고 커다란 눈은 한시도 마야에게서 떨어지지 않았다. 요정의 금빛 머리카락은 달빛을 받아 때때로 은빛으로 반짝

였다.

마야가 이야기를 마치자 꽃의 요정은 마야의 머리를 쓰다듬었다. 그리고 어린 마야가 행복해하며 고개를 숙이는 모습을 따스하고 진심어린 눈길로 바라보았다. 꽃의 요정이 말했다.

"우리 요정들은 일곱 밤을 산단다. 그동안 우리는 자신이 태어난 꽃 속에 머물러야 하지. 자신이 태어난 꽃을 떠나면 태양이 떠오르자마자 죽게 되거든."

마야는 놀라고 무서운 마음에 눈을 휘둥그레 떴다.

"세상에, 어서 꽃으로 돌아가세요! 빨리요!"

마야가 외쳤다. 꽃의 요정은 슬픈 표정으로 고개를 저었다.

"이미 늦었어. 어쨌든 내 이야기를 계속 들어주렴. 대부분의 요정들은 꽃을 떠난단다. 그래야 더 큰 행복을 찾을 수 있거든. 자신이 태어난 꽃을 떠나 일찍 죽음을 맞이하는 요정들은 엄청난 힘을 얻게 된단다. 바로 꽃을 떠나서 처음으로 만나는 존재의 소원을 이뤄줄 수 있는 힘이지. 그리고 다른 이의 소원을 들어주고자 자신이 태어난 꽃을 떠나려는 의지를 가진 요정에게는 날개가 돋는단다."

"정말 멋진 이야기네요! 제가 요정이라면 저도 꽃을 떠날 거예요. 다른 이의 간절한 소원을 이뤄준다니, 정말 행복하고 아름다운 일이에요."

마야가 말했다. 어린 꿀벌은 꽃의 요정이 꽃을 떠나 만난 첫 번째 존재가 바로 자기라는 사실을 전혀 눈치 채지 못한 것 같았다.

"그런데 그러고 나면 당신은 죽는 건가요?"

마야가 물었다. 꽃의 요정이 고개를 끄덕였다. 이번에는 슬픈 표정이 아니었다.

"우리는 아침노을을 볼 수 있어. 하지만 이슬이 내리면 풀밭 위에서 흩날리는 안개로 변하고 만단다. 안개가 품 안에 빛을 넣고 있는 것처럼 하얗게 반짝이는 모습을 본 적이 있지? 그게 바로 요정이란다. 요정들의 날개와 옷이지. 그리고 해가 완전히 떠오르면 우리는 이슬로 변한단다. 이때 식물들이 우리를 마시고 빨아들여 꽃을 피우고 자라는 거야. 그러다 시간이 지나면 우리는 다시 꽃받침 안에서 요정으로 태어난단다."

"그러면 당신은 예전에도 꽃의 요정이었나요?"

마야가 긴장해서 숨 쉬는 것도 잊은 채 물었다. 이에 요정이 진지한 눈빛으로 고개를 끄덕였다.

"그래. 하지만 과거의 일은 기억나지 않아. 우리는 꽃 속에서 잠을 자는 동안 지난 일을 모두 잊게 되거든."

"정말 아름다운 운명이네요."

마야가 감탄했다.

"이 세상에 있는 모든 존재가 똑같은 운명을 누린단다. 아주 크고 넓은 의미에서 생각하면 말이야. 비록 누구나 꽃 속에서 죽음의 잠을 자다가 깨어나지는 않지만, 어쨌든 오늘은 더 이상 그 이야기를 하지 않도록 하자."

"저는 정말 행복해요."

마야가 소리쳤다.

"넌 아무런 소원이 없니?"

요정이 물었다.

"내가 마주친 첫 번째 존재가 바로 너라는 걸 모르겠니? 내가 네 소원을 들어줄 수 있단다."

"저요? 하지만 저는 그저 한 마리 꿀벌인걸요. 저에게는 너무 과분한 행복이에요. 저한테는 그런 행복한 일을 겪을 자격이 없어요."

"누구든 행복하고 아름다운 일을 겪을 자격이 있단다. 좋은 일은 햇빛처럼 우리를 비추는 법이지."

마야의 가슴이 세차게 뛰었다. 마야는 오래전부터 간절히 원하던 바가 있었지만, 그것을 요정에게 말해도 될지 확신이 서지 않았다. 하지만 요정은 마야의 소원을 짐작한 듯 미소 지었다. 그 앞에서는 누구든 비밀을 털어놓게 될 미소였다.

"소원이 뭐니?"

요정이 밝게 빛나는 이마 위로 흘러내린 금빛 머리카락을 옆으로 넘기며 물었다.

"저는 인간을 알고 싶어요. 가장 아름다운 존재인 인간을요."

어린 꿀벌이 잔뜩 들뜬 목소리로 숨 가쁘게 내뱉었다. 그렇게 큰 소원은 이뤄줄 수 없다는 대답을 들을까봐 덜컥 겁이 났다. 하지만 요정은 엄숙한 표정으로 조용히 자리에서 일어났다. 요정의 두 눈이 자신감으로 반짝였다. 요정은 어린 마야의 떨리는 손을 잡고 말했다.

"나와 함께 날아가자. 네 소원은 곧 이루어질 거야."

11
꽃의 요정과 함께 한 여행

꽃의 요정과 어린 꿀벌은 활짝 핀 꽃들 위를 지나 여름 밤하늘을 날았다. 시냇물 위를 날아갈 때는 요정의 모습이 물 위로 하얗게 비쳤다. 마치 별 하나가 시냇물을 꿰고 지나가는 것 같았다. 이처럼 고귀한 존재를 따라가는 마야의 마음속은 행복한 느낌으로 가득 채워졌다. 이때 마야는 중요한 질문 몇 가지를 던지고 싶었지만, 감히 운을 떼지 못했다. 어쨌거나 꽃의 요정이라면 자신을 올바른 길로 인도할 수 있으리라는 확신이 들었다.

꽃의 요정과 마야가 높이 솟은 포플러 가로수 길에 나란히 당도했을 때, 검은 나비가 둘의 앞을 가로질렀다. 나비는 새처럼 크고 강인해 보였다. 꽃의 요정이 나비에게 말을 걸었다.

"잠깐만 기다려 줘. 부탁이야!"

마야는 깜짝 놀랐다. 검은 나비가 꽃의 요정의 말에 순순히 따랐기 때문이다. 셋은 높은 포플러 나뭇가지에 내려앉았다. 그들의 옆에서는 나뭇잎들이 달빛 속에서 서로 속삭이며 움직이고 있었다. 달빛이 비치는 고요한 밤경치가 먼 곳까지 보였다.

나비는 달빛을 받으며 마야의 맞은편에 앉았다. 그러고는 마치 부채질을 해서 누군가를 시원하게 만들어주고 싶기라도 한 듯 날개를 천천히 폈다가 오므렸다. 나비의 날개에는 밝고 찬란한 파란색 줄무늬가 넓게 그어져 있었다. 머리는 검은 비단으로 덮인 것 같았고, 얼굴에서는 검은 눈동자 두 개가 빛났다. 비밀스러운 가면을 뒤집어쓴 모습이었다.

'밤의 동물들은 정말 아름답구나.'

마야가 감탄했다. 그러면서 조금 오싹한 기분이 들기도 했다. 매우 특별하고 이상한 꿈을 꾸고 있는 기분이었다.

"당신은 정말 아름다우시네요. 진심으로요."

마야가 나비에게 말했다.

"같이 있는 분은 누구야?"

나비가 꽃의 요정에게 물었다.

"꿀벌이야. 내가 꽃받침을 떠나고 나서 처음으로 만난 분이지."

꽃의 요정이 대답했다. 나비는 그 말이 무슨 뜻인지 알고 있는 것 같았다. 부러운 눈빛으로 마야를 바라보면서 고개를 끄덕였기 때문이다. 나비는 착 가라앉은 목소리로 마야에게 말했다.

"운이 좋은 분이시군요."

"무슨 슬픈 일이라도 있나요?"

마야가 걱정하며 물었다. 이에 나비가 고개를 저었다.

"아니요, 그렇지 않아요."

나비가 상냥한 목소리로 말했다. 그리고 부드러운 눈길로 마야를 바라보았다. 마야와 친구가 되고 싶은 눈치였지만, 그러기에는 나비의 몸집이 지나치게 컸다. 꽃의 요정이 나비에게 박쥐는 벌써 쉬러 갔느냐고 물었다.

"그럼, 벌써 자러 갔지. 이 꿀벌 때문에 묻는 거야?"

나비가 말했다. 꽃의 요정이 고개를 끄덕였다. 마야는 박쥐가 무엇인지 알고 싶었지만, 꽃의 요정이 서두르는 듯 보여서 묻지 않았다. 꽃의 요정은 다소 산만하지만 유려한 동작으로 반짝반짝 빛나는 머리카락을 쓸어 넘겼다.

"하룻밤은 너무 짧아. 어서 가자, 마야. 서둘러야 돼."

요정이 말했다.

"내가 등에 태워줄까?"

밤의 나비가 물었다. 꽃의 요정이 고맙지만 사양하겠다고 말했다.

"다음번에!"

마야는 황급히 요정의 뒤를 따라 날아가며 생각했다.

'다음번이라는 건 없을 거야. 아침 해가 뜨면 꽃의 요정은 죽고 말 테니까.'

밤의 나비는 가만히 앉아서 요정과 마야의 뒷모습을 바라보았다. 요정이 입은 옷의 반짝임이 점점 더 작아져서 이윽고 아스라이 파란 심연으로 가라앉을 때까지. 그다음에는 잎사귀 위에서 천천히 몸을 돌려 고개를 숙인 채, 넓은 파란색 줄무늬가 그려진 자신의 커다란 검은 날개를 관찰했다. 그러면서 깊은 생각에 빠졌다.

'여태까지 내 몸이 무섭고 흉측하다는 말을 많이 들었지. 내가 입은 옷은 낮의 나비가 입는 옷과는 비교도 안 된다고 말이야. 하지만 저 어린 꿀벌은 내 모습에서 아름다움을 발견했어.'

밤의 나비는 스스로가 슬프지는 않은지 곰곰이 생각해 보았다. 조금 전 마야가 슬픈 일이 있느냐고 물었기 때문이다. 잠시 후 나비는 입을 열었다.

"아니, 나는 이제 더 이상 슬프지 않아. 그래, 확실해."

그런 동안, 마야와 꽃의 요정은 어느 정원에서 자라는 무성한 수풀 사이를 날아가고 있었다. 은은한 달빛 아래 놓인 그곳은 이 세상에 존재하는 어떤 말로도 묘사할 수 없을 만큼 황홀한 자태를 뽐내고 있었다. 차가운 이슬과 깜빡 잠이 든 꽃들의 매혹적이고 달콤한 숨결이 마법을 부려 온 자연을 화려하게 수놓은 것 같았다. 보랏

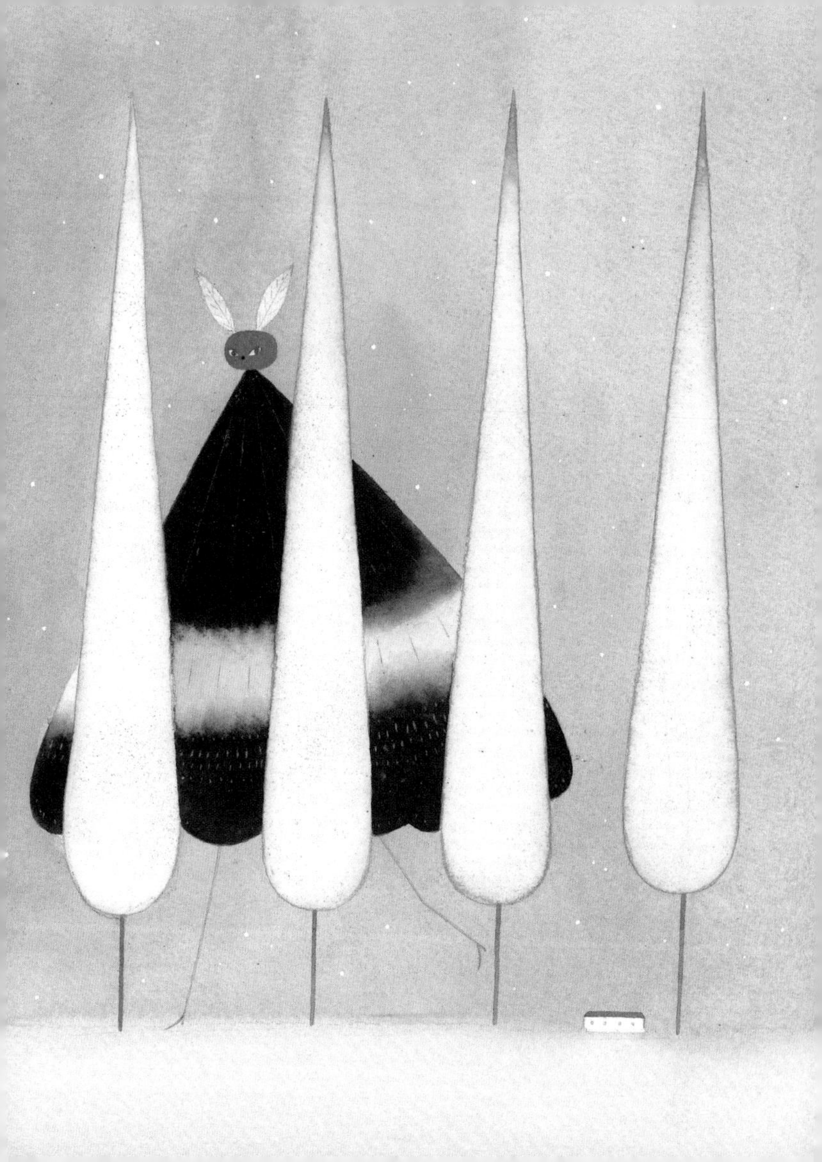

빛 아카시아 꽃은 신선하게 반짝였고, 유월에 핀 장미는 붉은 등잔불로 가득 찬 작고 둥근 천장처럼 보였다. 하얀 별 모양 재스민 꽃은 창백한 얼굴로 슬픔에 잠긴 채 이 늦은 시간에도 자신이 가진 모든 것을 다른 이들에게 베풀고자 향기를 내뿜고 있었다.

마야는 정신을 차릴 수가 없어서 꽃의 요정의 손을 꼭 잡았다. 요정의 눈은 밝은 기쁨으로 반짝였다. 마야가 혼잣말을 했다.

"이런 일을 누가 상상이나 했을까? 정말이지 생각지도 못했어!"

그때 마야는 무엇인가를 발견하고 금세 슬픔에 빠졌다.

"세상에, 별이 하나 떨어졌어요! 이제 저 별은 이리저리 떠돌아다니다가 하늘에 있던 자기 자리는 더 이상 찾아가지 못하겠군요."

마야가 소리쳤다.

"저건 반딧불이란다."

꽃의 요정이 진지한 목소리로 대답했다. 마야는 요정의 말을 듣고 깜짝 놀랐다. 그리고 그제야 처음으로 자신이 어째서 꽃의 요정에게 다정함을 느꼈는지 깨달았다. 꽃의 요정은 마야의 무지를 결코 비웃지 않았다. 오히려 마야가 모르는 것이 있으면 알려주고 도와주었다.

"참 신기한 곤충이지."

꽃의 요정이 말을 이었다.

"반딧불들은 자기 몸에 빛을 내서 더운 여름밤을 밝히고 돌아다

닌단다. 그래서 달빛이 미치지 못하는 수풀 아래 어둠을 밝히기도 하고, 서로를 쉽게 찾아내기도 하지. 인간을 보러 가면 반딧불도 만나게 될 거야."

마야는 그 이유를 물었다.

"너도 곧 알게 될 거다."

꽃의 요정이 대답했다. 이처럼 대화를 나누는 사이, 꽃의 요정과 마야는 재스민과 인동덩굴로 뒤덮인 정자에 도착했다. 아래로 내려가 정자 가까이 다가가자 낮은 속삭임이 들려왔다. 꽃의 요정이 반딧불 한 마리에게 손짓했다.

"친절한 반딧불아, 불을 좀 비춰주렴. 우리는 이 어두운 덩굴 사이를 지나 재스민 정자로 들어가야 한단다."

꽃의 요정이 작은 곤충에게 부탁했다.

"하지만 요정님의 불빛이 내 불빛보다 밝은걸요."

반딧불이 대답했다.

"저도 그렇게 생각해요."

마야가 맞장구쳤다. 하지만 마야는 들뜬 마음을 가라앉히려고 그렇게 말했을 뿐이었다.

"나는 잎사귀로 내 몸을 가려야 한단다. 그렇지 않으면 내 빛이 너무 밝아 인간들이 깜짝 놀랄 거야. 우리 요정들은 인간의 꿈속에만 나타나거든."

"그렇다면 제가 나서야겠군요. 부디 제 빛을 이용해 주세요. 제가 할 수 있는 일은 무엇이든 하겠습니다. 그런데 요정님과 함께 있는 커다란 곤충이 저를 해치지는 않을까요?"

반딧불이 말했다. 꽃의 요정이 고개를 젓자, 반딧불은 즉시 의심을 풀었다.

꽃의 요정은 나뭇잎 하나를 따서 자신의 몸을 가렸다. 하얀 옷의 반짝임이 어디서도 보이지 않았다. 그리고 꽃의 요정은 잔디밭에서 찾은 작고 파란 초롱꽃 한 송이를 따와서 빛나는 머리카락 위에 모자처럼 뒤집어썼다. 이제 아주 작고 하얀 요정의 얼굴만 보였다. 그마저도 얼굴이 너무 작아서 아무도 요정을 발견하지 못할 것 같았다.

요정은 반딧불에게 자신의 어깨에 앉으라고 말했다. 그리고 눈이 부시지 않도록 꽁무니 빛을 한쪽 날개로 가려달라고 부탁했다. 꽃의 요정은 마야의 손을 잡고 이렇게 말했다.

"이쪽으로 오렴. 이쪽으로 기어 올라가는 게 가장 좋아."

어린 마야는 요정이 알려준 대로 덩굴을 타고 기어 올라가면서 물었다.

"인간들이 잠잘 때 꿈을 꾸나요?"

"잠잘 때뿐만이 아니야."

요정이 대답했다.

"때로는 깨어 있을 때도 꿈을 꾼단다. 그럴 때 인간들은 기진맥진한 채로 하늘을 들여다보듯이 먼 곳을 바라보지. 인간의 꿈은 언제나 현실보다 아름답거든. 그래서 우리가 인간들의 꿈에만 나타나는 거란다.”

말을 마친 요정이 손가락을 입술에 대고 작은 꽃이 핀 재스민 줄기를 옆으로 밀었다. 그런 다음, 마야를 앞쪽으로 끌어당겼다.

“저 아래에 네가 보고 싶다던 것이 있구나.”

꽃의 요정이 나직하게 말했다. 마야의 눈에 달빛을 받으며 벤치에 앉아 있는 두 명의 인간이 보였다. 소녀 한 명과 소년 한 명이었다. 소녀는 소년의 어깨에 머리를 기대고, 소년은 팔로 소녀의 어깨를 감싸고 있었다. 마치 소녀를 지키려는 듯이 보였다. 둘은 가만히 앉아 커다란 눈으로 밤하늘을 바라보았다. 둘 다 잠이라도 든 것처럼 조용했다. 먼 곳에서 귀뚜라미 울음소리가 들려왔고 달빛은 느릿느릿 잎사귀 위를 걷고 있을 뿐이었다.

감격한 마야는 할 말을 잊은 채 소녀의 얼굴을 관찰했다. 소녀의 얼굴은 창백하고 슬퍼 보였지만, 행복으로 가득한 빛이 은밀하게 비치고 있었다. 커다란 눈망울 위로는 꽃의 요정과 꼭 같은 금빛 머리카락이 드리워졌다. 금빛 머리카락에는 여름밤의 달빛이 내려앉았다. 살짝 열린 소녀의 불그스름한 입술은 슬프면서도 환희에 찬 숨결을 내보내고 있었다. 소녀는 곁에 앉은 소년의 행복을 위해서라면 어떤 일이든 할 수 있을 것 같았다.

소녀가 소년에게로 몸을 돌리더니 그를 끌어당겨 무언가를 속삭였다. 그러자 소년의 얼굴에 미소가 피어올랐다. 마야가 보기에, 이 세상의 존재가 지을 수 있으리라고는 상상조차 하기 힘든 마법 같은 웃음이었다. 소년의 두 눈은 마치 자신이 온 세상을 소유한 것처럼, 그리고 모든 슬픔과 불행이 영원히 이 세상에서 사라지기라도 한 것처럼 행복하고 힘차게 빛났다.

마야는 소년이 소녀에게 뭐라고 대답했는지 알려고 하지 않았다. 그들이 누리고 있는 행복이 마치 자신의 것인 양 가슴이 떨릴 따름이었다.

"나는 지금 세상에서 가장 멋진 모습을 보고 있어. 내 눈으로 본 것 중 가장 아름다워. 인간들은 서로를 사랑할 때 가장 아름다운 존재야."

마야가 감동에 차서 중얼거렸다. 마야는 스스로도 알 수 없을 만큼 오랜 시간 동안 잎사귀 뒤에 가만히 숨어서 인간들을 지켜보았다. 그러다 퍼뜩 정신을 차리고 뒤를 돌아보았을 때는 반딧불의 빛도 꽃의 요정도 사라지고 없었다. 그 대신 정자 입구 너머 먼 지평선에서 희미하고 붉은 태양빛이 떠오르고 있었다.

12

칠성무당벌레 알로이스

다음 날 아침 마야가 보금자리에서 눈을 떴을 때, 태양은 이미 너도밤나무 꼭대기 위로 높이 솟아 있었다. 마야는 간밤에 겪은 모든 일이 그저 황홀한 꿈이 아닐까 하고 생각했다.

하지만 서늘한 새벽녘 동이 트고 나서 보금자리로 돌아온 일이 기억 속에 선명히 떠올랐다. 지금은 벌써 한낮이었다. 지난밤 꽃의 요정과 함께 시간을 보낸 일, 재스민 정자에서 달빛에 감싸인 채 서로를 껴안고 있던 인간들을 본 일은 모두 사실이었다.

바깥에서는 햇볕이 잎사귀 위로 뜨겁게 내리쬐었다. 더운 바람이 불었고, 몇몇 곤충들이 우는 소리가 들렸다.

'다른 곤충들이 과연 알고 있을까? 저들은 무엇을 알고 있을까?'

간밤에 겪은 일을 떠올리며 뿌듯함을 느낀 마야는 얼른 바깥으로 뛰쳐나갔다. 모두들 마야가 지난밤 겪은 일을 알고 있을 터였다.

하지만 햇빛이 가득한 바깥세상은 평소와 다를 바 없었다. 아무것도 바뀌지 않았고, 아무것도 지난 푸른 밤을 암시하지 않았다. 곤충들이 다가와 인사를 하고 다시 사라졌다. 저멀리 초원에는 가지각색의 키 큰 여름 꽃들이 피어 더운 공기 속에서 반짝였다. 그 위로 수많은 곤충들이 오갔다.

마야는 문득 깊은 슬픔에 빠졌다. 이 세상에 자신과 함께 기쁨이나 슬픔을 나눌 곤충이 하나도 없다고 느꼈기 때문이다. 다른 곤충들에게로 날아가 무리에 섞이고 싶지는 않았다.

'나는 숲으로 가고 싶어. 숲은 근엄하고 엄숙하니까. 지금 내 마음과 잘 어울리는 분위기지.'

마야는 생각했다. 아무런 고민 없이 자신이 갈 길을 서두르며 바삐 오가는 곤충들은 숲속 어두운 곳에서 얼마나 비밀스럽고 놀라운 일들이 벌어지는지 알 턱이 없었다. 그런 일을 겪으려면 덤불 가지를 이리저리 구부리거나 나무딸기 가지를 헤치고서 키 큰 잔디풀과 두터운 이끼를 자세히 들여다보아야 했다. 식물 잎사귀 아래, 땅에 파인 구멍, 나무 구멍, 썩은 나무껍질과 비바람에 상한 나무 그루터기 사이, 땅 위에서 뱀처럼 얽힌 나무뿌리 사이에서 밤낮으로 펼쳐지는 활기차고 다양한 삶, 모든 기쁨과 위험, 싸움과 고뇌, 즐거움을 살펴야 했다.

갈색 나뭇가지와 녹색 잎사귀 사이를 날아갈 때만 해도 마야는 그 모든 것을 거의 깨닫지 못했다. 그런데 아래쪽을 내려다보다가 잔디밭에 남겨진 좁다란 흔적을 발견했다. 어두운 수풀 그림자에서부터 밝은 공터로 이어진 또렷한 길이었다. 가끔 태양이 구름 뒤로 사라지면 높다란 나뭇가지 아래나 덤불 속 그림자가 짙어졌다. 그리고 다시 햇빛이 비치면 숲속은 금빛과 녹색으로 빛났다. 그 사이를 날아가는 마야의 아래로 이파리가 널따란 양치식물 군락과 꽃이 만발한 나무딸기 덤불이 펼쳐졌다.

마침내 숲은 빽빽한 풀로 가려졌던 성문을 열어주었다. 마야의 눈앞에 태양빛을 받아 금색으로 반짝이는 넓은 밀밭이 나타났다. 이삭들 사이에서 밀 꽃과 양귀비가 빛났다. 마야는 밀밭 가장자리에 선 자작나무 가지로 내려가 앉았다. 그러고는 고요한 낮에 행복으로 물결치는 황금빛 바다를 황홀경에 빠진 눈빛으로 바라보았다. 밀밭은 끝이 보이지 않을 만큼 넓었다. 여름 바람에 떠밀린 밀들은 잔잔한 파도를 이루며 출렁였다. 바람은 세상의 평화로움을 깨뜨리지 않으려고 조심스럽게 불어왔다.

갈색 나비 몇 마리가 자작나무 아래서 밀밭 위로 날아다니며 '양귀비 뺏기' 놀이를 하고 있었다. 어린 나비들 사이에서 유행하는 놀이였다. 나비들이 각자 양귀비꽃 위에 앉는 놀이인데, 놀이에 참여

하는 나비의 수가 주변에 핀 양귀비꽃 수보다 하 나 더 많아야 가능했다. 술래 나비가 둥근 원 가운데에 앉아 구호를 외치면 나비들은 일제히 날아올라 다른 양귀비꽃에 앉아야 했다. 다른 나비보다 늦어서 꽃을 차지하지 못한 나비는 새로운 술래가 되어 원 가운데에서 다시 구호를 외치는 식이었다. 매우 재미있는 놀이였다. 마야는 잠시 어린 나비들이 노는 모습을 구경했다. 그리고 덩달아 즐거워졌다.

'고향에 돌아가면 어린 꿀벌들에게 이 놀이를 알려줘야지. 놀이 이름을 꿀벌 방 뺏기로 바꾸면 재밌을 거야. 하지만 카산드라가 우리를 혼낼지도 몰라.'

이런 생각을 하자, 마야는 갑자기 슬픔에 사로잡혔다. 고향 벌집이 떠올랐기 때문이다. 이때 마야의 옆에서 누군가가 말을 걸었다.

"안녕하세요. 당신은 아주 사나운 곤충이군요?"

깜짝 놀란 마야는 재빨리 몸을 돌려 낯선 곤충을 쳐다보았다.

"아뇨, 절대 그렇지 않아요."

마야가 외쳤다. 낯선 곤충은 작은 갈색 공을 반으로 가른 것 같은 모습이었다. 등에는 검은 점이 일곱 개 박혀 있었다. 아름답게 반짝이는 적갈색 반구형 등껍질 아래로 작고 까만 머리가 보였으며, 두 개의 조그만 눈이 번득였다. 그리고 실처럼 가느다란 다리들이 반구형 등껍질을 안정적으로 떠받치고 있었다. 이 작고 뚱뚱한 곤충이 마야에게 말을 건 것이었다. 마야는 낯선 곤충의 독특한 생김새가 매우 마음에 들었다. 어딘지 모르게 우아했기 때문이다.

"당신은 누구신가요? 저는 마야라고 합니다. 꿀벌 가문의 일원이에요."

마야가 인사했다.

"나를 모욕하려는 겁니까? 그렇지 않고서야 나를 모른 척하는 이유가 뭡니까?"

작은 곤충이 되물었다.

"당신을 모욕하려 한다니, 당치도 않아요. 하지만 나는 정말로 당신이 누구인지 모르는걸요."

당황한 마야가 대답했다.

"누구나 그렇게 말하죠."

뚱뚱한 곤충이 말했다.

"그럼 내가 누군지 기억나게 도와드리죠. 한번 세어 보세요."

작은 곤충이 천천히 몸을 돌렸다.

"당신의 점을 세라고요?"

"네, 맞아요. 세어 보세요."

곤충이 말했다.

"점이 일곱 개네요."

마야가 대답했다.

"그렇죠? 자, 이제 어때요? 내가 누군지 아직도 모르겠어요? 그러면 내가 누군지 알려드리죠. 당신이 방금 세어 본 점의 개수를 생각하면 돼요. 나는 칠성무당벌레 가문의 일원이고, 이름은 알로이스라고 합니다. 직업은 시인이고요. 인간들은 나를 그냥 무당벌레라고 불러요. 인간들은 늘 그렇죠. 당신도 물론 알고 있겠지만."

마야는 그렇지 않다고 대답할 용기를 내지 못했다. 알로이스의 기분을 상하게 만들고 싶지 않았기 때문이다.

"아무튼 나는 햇빛과 한낮의 평화와 다른 이들의 사랑을 먹고 산답니다."

알로이스가 말했다. 마야가 깜짝 놀라 물었다.

"그러면 실제로는 아무것도 먹지 않나요?"

"물론 실제로도 먹죠. 진딧물이요. 당신도 진딧물을 먹나요?"

"아니요, 저는, 그건 좀……."

마야가 말했다.

"왜요? 뭐가 어떤데요?"

"일반적이지는 않으니까요."

마야가 주저하듯 말했다.

"당연하죠."

알로이스가 소리치고는 어깨를 으쓱하려고 했지만 등껍질 때문

에 그러지 못했다.

"당신처럼 평범한 시민이야 세간에서 행해지는 일만 하겠죠. 하지만 우리 시인들은 그렇지 않답니다. 시간이 좀 있나요?"

"그럼요. 물론이죠."

"그러면 시 한 편을 읊어드리죠. 가만히 앉아서 눈을 감아 보세요. 주변 환경 때문에 방해받지 않도록 말이에요. 시의 제목은 '인간의 손가락'입니다. 내 개인적인 경험을 바탕으로 한 시죠. 듣고 있나요?"

"네, 한 글자도 빼놓지 않고 듣고 있어요."

마야가 대답했다.

"그럼 시작합니다.

인간의 손가락

어느 날 네가 나를 발견했지
내 삶이 행복하던 그때에
너는 둥글고 기다랗지
끝에는 매끄럽고 뾰족한
갑판이 달려서
갑판은 움직이지만
그 아래는 단단히 고정되어 있을 뿐!

어떻습니까?"

알로이스가 잠시 침묵한 다음 마야에게 물었다. 알로이스의 눈에는 눈물이 고였고, 목소리는 떨렸다.

"'인간의 손가락'이라는 시는 정말 감동적이네요."

마야는 조금 당황했지만 이내 마음을 가다듬고 대답했다. 사실 마야는 그보다 아름다운 시를 더 많이 알고 있었다.

"형식은 어떻게 생각해요?"

알로이스가 애수에 찬 미소를 지으며 물었다. 그는 자신의 작품에 압도되어 감동에 젖은 모양이었다.

"'둥글고 기다랗지'라는 구절도 직접 지으셨나 보군요."

마야가 대답했다.

"내 말은, 예술적인 형식이 어떠냐는 겁니다. 내 시의 형식이요."

"아, 그렇군요! 음, 그래요. 내 생각에는 괜찮은 것 같아요."

마야가 말했다.

"그렇죠?"

알로이스가 반색했다.

"당신도 이 시가 당신이 알고 있는 시 중에 최고의 작품이라고 평하고 싶겠죠. 이 시와 비슷한 다른 시들은 전부 한참이나 뒤처졌어요. 예술에는 참신함이 필요하죠. 그런데 대부분의 시인들이 그 점을 간과해요. 다음으로는 위대함이 필요합니다. 그렇지 않나요?"

"그럼요. 내 생각에는……."

마야가 말을 이으려고 했다.

"내 위대함을 찬양하려는 거군요. 무슨 말을 할지 알겠어요. 이거 참, 부끄럽네요. 고맙습니다. 나는 이제 가야 해요. 고독함은 예술가의 명예니까요. 잘 지내십시오."

알로이스가 말했다.

"안녕히 가세요."

마야가 말했다. 그 작은 곤충이 도대체 무엇을 하려던 것인지 알 수 없었다.

'알로이스는 본인이 무엇을 하고 싶은지 잘 알고 있겠지. 그는 아직 위대한 시인은 아니지만 앞으로 성장할 거야.'

마야는 그렇게 생각하며 떠나는 알로이스의 뒷모습을 바라보았다. 알로이스는 바삐 움직여 나뭇가지를 타고 올라가는 중이었다. 앙증맞은 다리가 거의 눈에 띄지 않아서 마치 작은 도르래를 타고 나뭇가지를 올라가는 것처럼 보였다.

마야는 다시금 황금빛 밀밭을 내려다보았다. 나비들은 아직 그 위에서 놀고 있었다. 마야는 칠성무당벌레의 시를 듣기보다 나비들이 노는 모습을 관찰하는 편이 훨씬 재미있다고 생각했다.

13
도둑들이 사는 마을

그날은 얼마나 즐겁게 시작되어 얼마나 무섭고 끔찍하게 끝났던가. 마야는 그날 굉장히 이상한 곤충들을 만났다. 오후에 커다랗고 오래된 물통 근처에서 벌어진 일이었다.

마야는 향기로운 엘더플라워 속에 앉아 있었다. 엘더플라워는 잔잔하고 검은 수면 위에 모습을 비추었다. 마야의 위에서 꼬까울새가 사랑스럽고 발랄한 목소리로 노래하고 있었다.

마야는 새들과 친구가 될 수 없다는 사실이 너무나도 안타까웠다. 새는 곤충에 비해 몸집이 지나치게 크고, 곤충을 잡아먹기 때문이었다. 마야는 엘더플라워의 하얀 꽃차례 속에 숨어 새의 노랫소리를 엿들었다. 태양이 화살 같은 햇빛을 쏠 때면 눈을 깜박이기도 했다.

그때 누군가가 마야의 옆에서 한숨을 쉬었다. 그 동물을 처음 본 순간, 마야는 동물의 몸통 양옆에 각각 백 개가 넘는 다리가 달려 있는 줄 알았다. 몸길이는 마야보다 세 배나 길었고, 몸통이 아주 가는 데다 납작했으며, 날개가 없었다.

"어머나, 세상에! 당신은 달리기를 아주 잘 하겠군요!"

마야가 감탄한 목소리로 외쳤다.

낯선 존재는 생각에 잠긴 표정으로 마야를 바라보았다.

"그렇지는 않아요. 그럴 수 있다면 좋겠지만, 빨리 달리기에는 내 다리가 너무 많아서 말입니다. 그거 아세요? 내가 가진 다리를 전부 움직이려면 시간이 많이 걸립니다. 예전에는 나도 그 사실을 깨닫지 못해서 다리가 몇 개 더 있었으면 좋겠다고 생각한 적도 있습니다. 하지만 모든 것은 신의 뜻대로지요. 그나저나 당신은 누구십니까?"

마야가 자신을 소개했다. 그러자 낯선 이가 고개를 끄덕이더니 다리를 몇 개 움직였다.

"나는 히에로니무스라고 합니다. 다족류 집안의 일원이지요. 우리는 아주 유서 깊은 가문으로 어디를 가든 존경받아요. 우리 가문 일족만큼 다리가 많은 동물은 또 없답니다. 내가 아는 한 다른 곤충들은 다리가 많아봐야 여덟 개거든요."

"당신은 대단히 매력적인 존재군요. 몸 색깔도 특이하고요. 가족이 있나요?"

마야가 물었다.

"천만에요! 어떻게 그럴 수 있겠습니까?"

다족류 곤충이 되물었다.

"그런 일은 일어날 수가 없습니다. 우리는 알에서 깨어나자마자 혼자서 살아가야 해요. 자기 힘으로 홀로 설 수 없다면 어떻게 세상을 헤쳐 나가겠습니까?"

"맞는 말이에요. 그러면 가깝게 지내는 동료도 없나요?"

마야가 진지한 표정으로 물었다.

"없습니다. 나는 혼자 먹고 살면서 혼자 의심합니다."

"도대체 뭘 의심하나요?"

"의심은 내 천성입니다. 나는 늘 모든 것을 의심합니다."

낯선 곤충이 대답했다.

마야는 놀라서 크게 떠진 눈으로 낯선 곤충을 쳐다보았다. 그가 하는 말을 도무지 이해할 수 없었다. 하지만 다른 곤충의 문제에 지나치게 호기심을 보이고 싶지는 않았다. 잠깐의 침묵 후에 히에로니무스가 입을 열었다.

"내가 무엇을 의심하고 있냐면, 당신이 하필이면 왜 이렇게 무서운 곳에 머물고 있는가 하는 것입니다. 저쪽에 있는 커다란 버드나무 속에 무엇이 있는지 모르십니까?"

"몰라요."

"그것 보십시오. 당신이 모를 거라고 생각했습니다. 저기에는 말벌들이 사는 도시가 있습니다."

마야는 하마터면 꽃차례 밖으로 굴러 떨어질 뻔했다. 그 정도로 놀랐기 때문이다. 얼굴이 새하얘진 마야가 덜덜 떨면서 말벌 도시가 있는 곳이 정확히 어디인지 물었다.

"저쪽 버드나무 줄기 근처 수풀에 오래된 찌르레기 상자집이 보입니까? 굉장히 엉성하게 지어진 집이라, 나는 도대체 저 상자집에 찌르레기가 한 번이라도 산 적이 있는지 의심했습니다. 저 집은 입구가 동이 트는 방향으로 나 있지 않습니다. 그러니까 정신이 멀쩡한 새라면 저 집으로 들어가 살지 않을 거다, 이 말입니다. 그래서 말벌들이 저 안에 도시를 건설하고 성을 쌓았답니다. 이 부근에서 규모가 가장 큰 말벌 도시입니다. 이 점은 당신도 잘 알아두셨어야죠. 내가 관찰한 바로는 저 도둑들이 꿀벌도 뒤쫓아서 붙잡으니 말입니다."

마야에게는 더 이상 아무 소리도 들리지 않았다. 녹색 수풀 사이로 갈색 성벽이 뚜렷하게 보이자, 어린 꿀벌은 숨이 멎을 지경이었다.

"나는 가야겠어요. 최대한 빨리 여길 벗어나야 해요."

마야가 소리쳤다. 바로 그때 마야의 뒤에서 사악한 웃음소리가 시끄럽게 울려퍼졌다. 곧이어 누군가가 목을 부러뜨리기라도 할 것처럼 자신의 목덜미를 콱 움켜쥐는 것을 느꼈다. 마야는 평생 동안 그 웃음소리를 잊지 못할 터였다. 마치 지옥에서 올라오는 비웃음소리 같았다. 그와 동시에 갑옷이 서로 부딪쳐 잘그락거리는 소리도 들렸다. 히에로니무스는 많은 다리를 한꺼번에 움직여 냉큼 꽁무니를 뺐다. 나뭇가지 사이를 지나 물통으로 곤두박질쳤던 것이다.

"일이 잘 풀리리라는 것을 의심합니다!"

히에로니무스가 소리쳤다. 하지만 불쌍한 어린 꿀벌의 귀에는 들리지 않았다.

마야는 처음에 고개를 돌릴 수조차 없었다. 그만큼 억센 힘에 붙들렸기 때문이다. 마야의 눈에 금빛 갑주로 뒤덮인 팔이 보이더니, 무시무시한 턱이 달린 거대한 머리가 위쪽에서 불쑥 드리워졌다. 마야는 그것이 커다란 장수말벌이라고 생각했다. 그리고 곧 자신이 말벌에게 붙잡혔다는 사실도 깨달았다. 검은색과 노란색 줄무늬로 뒤덮인 괴물은 마야보다 네 배는 컸다. 마야는 목소리를 쥐어 짜 누구든 도와 달라고 소리쳤다.

"포기해라, 이 녀석아."

말벌이 소름끼치게 다정한 목소리로 말했다. 그러면서 험상궂은 미소를 띠고 마야를 바라보았다.

"그런다고 누가 오겠니?"

"날 놔주세요! 그렇지 않으면 당신 심장을 쏴버릴 테니까!"

마야가 외쳤다.

"내 심장을 찌른다고?"

말벌이 웃음을 터뜨렸다.

"용기가 가상하구나. 아직 시간이 있으니까 조금만 기다리렴, 꼬마야."

마야는 끓어오르는 분노에 사로잡혔다. 온몸의 힘을 끌어모아 몸을 돌린 꿀벌은 날카로운 함성을 내지르며 침으로 말벌의 가슴 정중앙을 찔렀다. 그때 도무지 믿을 수 없는 일이 벌어졌다. 말벌의 가슴에 박힐 줄 알았던 침이 휘어버린 것이다. 마야의 침은 말벌 갑옷에서 튕겨 나왔다. 말벌이 화가 나서 두 눈을 부릅떴다.

"이봐, 꼬맹이. 지금 당장 네 머리를 물어뜯어서 버릇없는 행동을 후회하게 만들어줄 수 있지만, 우리 여왕님께 죽은 꿀벌보다는 싱싱한 꿀벌을 진상하고 싶으니 참겠다. 너처럼 통통한 꿀벌을 여왕님께 바치는 게 충성스런 병사가 해야 할 일이니까."

말벌이 음산한 목소리로 말했다. 그러고는 마야를 붙잡고 하늘 높이 날아올라 곧장 도둑들이 사는 성으로 향했다.

'아, 이런 끔찍한 일을 당하다니! 누구도 오래 버티지 못할 거야.'

불쌍한 마야는 그렇게 생각하며 정신을 잃었다.

꽤 오랜 시간이 지나고 나서 다시 정신을 차린 마야는 주위를 둘러보았다. 그곳은 후텁지근하고 어두컴컴한 데다 코를 찌를 만큼 지독한 악취가 가득한 장소였다. 마야가 여태 맡아본 어떤 냄새보다도 매스꺼운 냄새였다. 서서히 지난 기억이 되살아나자, 마야는 심장이 멈춰버릴 것만 같은 슬픔에 빠져들었다. 목 놓아 울고 싶었지만 차마 그러지도 못했다.

"아직 잡아먹히지 않았구나. 하지만 곧 그렇게 되겠지."

마야가 떨리는 목소리로 중얼거렸다. 그때 감옥 벽 너머로 말벌들이 떠드는 목소리가 또렷이 들렸다. 그리고 감옥 벽에 난 좁다란 틈새로 빛이 조금 새어 들어왔다. 말벌들은 꿀벌들처럼 밀랍으로 성벽을 짓지 않고 마른 물질, 이를테면 찢어지기 쉬운 갱지 따위로 도시를 건설한 것 같았다.

마야는 벽 틈으로 새어 들어오는 한 줌 빛에 의존해 천천히 주변을 살폈다. 그리고 경악했다. 감옥 안에 죽은 곤충의 시체가 여러 구 널브러져 있었기 때문이다. 마야의 발치에는 꽃무지 한 마리가 등껍질을 아래로 향한 채 누워 있었고, 조금 떨어진 곳에는 딱정벌렛과 곤충이 두 동강난 채 나뒹굴었다. 게다가 살해당한 꿀벌들의 날개와 껍질이 사방에 널려 있었다.

"나한테 이런 일이 일어나다니!"

마야는 흐느껴 울었다. 감히 더 이상 몸을 움직여 볼 엄두가 나지 않았다. 두려움과 공포에 질려 온몸이 굳어버린 마야는 끔찍한 옥방 구석에 몸을 웅크렸다. 그때 벽 너머 가까이서 또다시 말벌들의 목소리가 들렸다. 그 소리에 겁이 난 마야는 벽 틈새로 기어가 구멍으로 밖을 내다보았다.

바깥은 넓은 강당이었다. 말벌들이 그 공간에 꽉 들어차 있었다. 그리고 말벌에게 붙잡힌 수많은 반딧불들이 강당 안을 환하게 비추었다. 말벌들 중심에 놓인 왕좌에는 여왕벌이 앉아 있었다. 중요한 회의가 열리고 있는 것 같았다. 마야는 말벌들이 하는 말을 빠짐없이 이해할 수 있었다.

반짝반짝 빛나는 그 괴물들이 마야를 이토록 겁먹게 만들지만 않았더라도 마야는 말벌들의 강인함과 화려함에 홀딱 반하고 말았을 것이다. 마야는 그제야 처음으로 도둑들의 모습을 자세히 볼 수 있었다. 어린 꿀벌은 두려움에 떨면서도 말벌들을 관찰했다. 말벌들은 황금빛 갑옷을 입고 있었다. 갑옷의 위부터 아래까지 온통 검은 줄무늬가 그어져 있었다. 얼핏 보면 마치 호랑이처럼 보였다. 어린 아이가 그 모습을 보았다면 말벌을 키우고 싶었을 것이다.

보초병 하나가 강당의 벽을 따라 이동하며 반딧불에게 있는 힘껏 불을 밝히라고 말했다. 보초병은 회의를 방해하지 않으려고 낮은 목소리로 속삭였지만 충분히 위협적이었다. 그는 기다란 막대기로 반딧불을 쿡쿡 찌르며 중얼거렸다.

"빛을 더 내라. 그렇지 않으면 잡아먹는다."

말벌 왕국의 광경은 정말이지 참혹했다. 그때 말벌 여왕이 입을 열었다.

"자, 그럼 계획대로 일을 진행하지. 내일 오전, 해가 뜨기 한 시간 전에 모든 병사들은 이곳에 모여라. 그리고 궁정 공원에 있는 꿀벌 도시를 습격한다. 놈들이 모아둔 벌꿀을 약탈하고, 가능한 한 많은 꿀벌들을 포획해야 한다. 꿀벌 여왕 헬레네 8세를 붙잡아서 나에게 끌고 오는 자에게는 기사 작위를 내릴 것이다. 용맹하게 싸워서 내게 많은 노획물을 가지고 와라. 자, 그럼 이제 해산하라. 다들 물러가서 푹 쉬도록!"

말벌 여왕은 그 말을 끝으로 부하들을 대동하고 강당을 나섰다. 마야는 큰 소리로 울부짖을 뻔했다.

"꿀벌 국민들이! 내 고향이!"

마야는 비명을 지르지 않으려고 손으로 입을 틀어막았다. 그리고 이루 말할 수 없는 절망에 빠졌다.

"아, 저 말을 듣기 전에 죽는 편이 나았을 거야. 누가 우리 왕국 꿀벌들에게 이 사실을 알려준단 말인가. 꿀벌 국민들은 단잠에 빠져 있을 때 습격당해 모두 살해되고 말 거야. 오, 신이시여! 기적을 내려주세요. 저를 도와주세요. 저와, 그리고 꿀벌 국민들이 위험에서 벗어나도록 도와주세요."

마야가 흐느꼈다. 바야흐로 강당에서는 반딧불 불빛이 사라졌다. 반딧불들이 모두 잡아먹혔기 때문이다. 말벌 도시에 서서히 침묵이 내려앉았다. 아무도 마야의 존재를 기억하지 못하는 것 같았다. 감방 안으로 희미한 달빛이 천천히 스며들어왔다. 바깥에서 귀뚜라미가 밤 노래를 부르는 것 같았다. 마야에게는 죽은 곤충의 시체가 널려 있는 이 감옥보다 더 무서운 것이 없었다.

14
탈출

절망에 빠졌던 마야는 곧 결연한 의지를 되찾았다. 자신이 꿀벌이라는 사실을 새삼 자각하기라도 한 듯이 말이다. 마야는 문득 이런 생각이 들었다.

'나는 지금 아무런 생각도 힘도 없는 것처럼 여기 주저앉아서 울며 슬퍼하고만 있어. 우리 일족과 여왕님이 위험에 처했는데, 이게 무슨 불명예스러운 꼴이람. 어차피 죽을 거라면 적어도 자랑스럽고 용기 있는 꿀벌로 죽어야지. 동족들을 구할 시도라도 해봐야 해!'

마야는 꿀벌 식구들과 고향을 떠나온 지 오래되었다는 사실을 잊은 것 같았다. 그 어느 때보다도 강한 소속감과 갑작스러운 책임감을 느꼈다. 말벌들의 계략을 알게 되었기 때문이다. 마야는 굳은 각

오를 다지며 스스로 용기를 북돋웠다.

'만약 내 동족들이 전쟁에서 패하고 죽어야 한다면 나 또한 그러겠어. 하지만 그 전에 동족들을 구하려고 노력해 봐야지.'

"여왕 폐하 만세!"

마야가 소리쳤다.

"거기 조용히 해!"

바깥에서 거친 목소리가 들렸다. 휴! 정말 위압적인 목소리였다. 순찰을 도는 보초병의 목소리였을 것이다. 시간은 이미 한밤중인 모양이었다. 보초병의 발소리가 점점 멀어져 사라지자, 마야는 얼른 강당 쪽으로 난 틈새를 더 넓게 벌리기 시작했다. 무른 벽을 갉아서 부수기란 식은 죽 먹기였다. 시간은 조금 걸렸지만, 머잖아 충분한 크기의 구멍이 뚫렸다. 그 구멍을 통해 마야는 밖으로 빠져나왔다. 그리고 콩닥거리는 가슴을 안고 조심스럽게 움직였다. 누군가에게 들키기라도 하면 죽게 될 것이 뻔했다. 말벌 성 어디선가 깊이 코를 고는 소리가 들렸다.

강당은 희미한 푸른빛으로 가득 차 있었다. 입구에서 들어오는 빛이었다. 마야는 그것이 달빛임을 알고 있었다. 벽에 몸을 바짝 붙인 채 마야는 어두운 그림자에 숨어 천천히 입구 쪽으로 걸어갔다. 강당부터 출입구 사이에는 좁고 높은 복도가 놓여 있었고, 그 길로 밤하늘의 달빛이 새어 들어왔다. 깊은 한숨을 쉰 마야는 저멀리 까

마득한 하늘에 떠서 반짝이는 별 하나를 바라보았다.

'저곳이 자유로구나.'

마야가 생각했다. 복도는 매우 밝았다. 마야는 숨을 죽인 채 한 걸음 한 걸음씩 이동했다. 출입구가 점점 가까워졌다.

'이제 날아오르기만 하면 난 바깥세상으로 갈 수 있어.'

이런 생각만으로도 마야의 가슴은 터질 듯 세차게 뛰었다. 그러나 곧 장벽에 부딪혔다. 출입구 근처 기둥 그림자 아래에 보초병이 기대어 서 있는 것을 보게 된 것이다. 마야는 그 자리에 우뚝 멈춰 섰다. 모든 희망이 무너져 내리는 순간이었다. 출입구를 빠져나갈 방법이 없었다. 도대체 어떻게 해야 할까?

'가장 좋은 방법은 온 길로 다시 돌아가는 것뿐이야.'

마야가 생각했다. 하지만 성문에 붙어 선 거대한 보초병의 모습을 보자 발이 떨어지지 않았다. 보초병은 달빛이 비추는 밤 풍경을 바라보며 깊은 생각에 빠져 있는 것 같았다. 그는 손으로 턱을 괸 채 고개를 조금 숙이고 있었다. 금빛 갑옷이 달빛 아래서 어찌나 찬란하게 빛나는지! 마야는 보초병의 모습을 보고 왠지 모를 감동을 느꼈다.

'저 보초병은 무척이나 슬퍼 보여. 하지만 매우 아름다워. 저 고상한 모습을 보라지. 숭고하게 반짝이는 갑옷은 또 어떻고. 저 말벌은 낮이든 밤이든 갑옷을 벗지 않을 거야. 늘 노략질을 하고, 싸우고,

죽을 준비가 돼 있는 거야.'

잠시 동안이지만, 마야는 눈앞에 선 말벌이 자신의 적이라는 사실을 까맣게 잊고 있었다. 아름다움에 감탄하고 기뻐하느라 마야가 모든 위험을 잊은 순간이 얼마나 많았던가. 어느 순간, 보초병이 쓴 투구가 금빛으로 번쩍 빛났다. 머리를 움직인 모양이었다.

"아, 세상에! 난 이제 끝났구나."

마야가 혼잣말을 내뱉었다. 이때 보초병이 낮은 목소리로 말했다.

"이리 가까이 와라, 꼬마야."

"네? 대체 어떻게…… 나를 보고 있었나요?"

마야가 떨리는 목소리로 물었다.

"당연하지, 꼬마야. 아까 전부터 보고 있었다. 네가 감옥 벽을 물어뜯어서 구멍을 뚫고 그림자 아래에 몸을 숨긴 채 용케 여기까지 이동하는 모습을 다 보고 있었지. 그리고 네가 나를 발견했지. 그래서 용기가 꺾인 것 아니냐?"

"네, 맞아요."

마야가 대답했다. 그리고 온몸을 벌벌 떨었다. 보초병이 모든 일을 지켜보았다니. 마야는 그제야 이 똑똑한 도둑들이 얼마나 예민한지 들었던 기억이 났다.

"여기서 뭘 하려고?"

보초병이 퍽 친근한 목소리로 물었다. 마야는 그가 여전히 슬퍼 보인다고 생각했다. 그는 뭔가 다른 일을 떠올리느라 이 일에 관심이 없는 것 같았다. 하지만 마야에게는 중대한 일이었다.

"밖으로 나가고 싶어요."

마야가 대답했다.

"그리고 난 용기가 꺾인 게 아니라 당신의 강인함과 아름다움, 그리고 금빛으로 반짝이는 갑옷에 감탄하고 있었을 뿐이에요. 이제 당신과 맞서 싸워야겠군요."

놀란 듯 몸을 살짝 앞으로 숙인 보초병은 당돌한 꿀벌에게 웃음을 지어 보였다. 악의 없는 웃음이었다. 마야는 지금까지 살면서 한 번도 겪어보지 못한 감정을 느꼈다. 젊은 병사의 미소가 알 수 없는 힘으로 마야의 마음을 사로잡은 것 같았다.

"꼬마야."

보초병이 이제는 자애로울 지경인 목소리로 말했다.

"싸우지는 말자. 너희 꿀벌들은 아주 강한 종족이지만 우리가 더 세거든. 말벌이 꿀벌과 일대일로 싸우면 결과야 뻔하지 않겠니? 너만 괜찮다면 잠시만 더 여기 머무르면서 나와 수다를 떨어도 된다. 하지만 아주 잠시 동안이야. 나는 곧 병사들을 깨워야 되니까. 너는 다시 감옥으로 돌아가고 말이야."

이상하게도 말벌의 분노나 증오보다 이런 친절함이 마야의 투지를 더 약하게 만들었다. 마야는 경탄에 가까운 감정을 느꼈다. 어린 꿀벌은 커다랗고 슬픈 눈으로 적을 올려다보았다. 그리고 자신의 마음에서 우러나오는 감정에 따라 이렇게 말했다.

"나는 여태까지 당신들 말벌이 극악무도하다는 이야기만 들었어요. 하지만 당신은 악한 존재가 아니군요. 당신이 나쁜 말벌이라는 걸 믿지 못하겠어요."

보초병은 말없이 마야를 바라보다가 진지한 어투로 말했다.

"어딜 가든 나쁜 이와 착한 이가 있게 마련이지. 하지만 우리는 너희들의 적이다. 그 점을 잊어서는 안 돼. 우리는 언제나 너희들의 적일 거다."

"적은 늘 악한 존재여야 하나요?"

마야가 물었다.

"아까 당신이 밤경치를 내다보고 있었을 때, 나는 당신이 잔인한 말벌이자 나의 적이라는 사실을 잊었어요. 당신이 슬퍼하는 것 같았거든요. 그리고 난 슬픔을 아는 존재는 절대 악한 이가 될 수 없다고 늘 생각했어요."

보초병이 아무 말도 하지 않자, 마야는 용기를 내서 말을 이었다.

"당신은 강해요. 원한다면 나를 다시 감옥으로 끌고 갈 수 있겠죠. 그러면 나는 죽을 거예요. 하지만 동시에 당신은 원한다면 나에게 다시 자유를 선사할 수 있어요."

보초병이 몸을 바로 세웠다. 갑옷이 절그럭거렸고, 그가 들어올린 팔이 성문으로 드리운 희미한 달빛을 받아 빛났다. 벌써 날이 밝은 것일까? 보초병이 말했다.

"네 말이 맞아. 나에게는 그럴 만한 힘이 있지. 그리고 그건 내 동족들과 여왕님이 나에게 맡긴 힘이다. 우리에게 내려진 명령은 이 성 안에 들어온 꿀벌이 단 한 마리도 살아서 성문을 나가지 못하도록 만드는 거다. 나는 내 동족들에게 충성을 바칠 거야."

보초병은 잠시 침묵을 지키더니 마치 자기 자신에게 하는 말처럼 중얼거렸다.

"충성심이 지켜지지 않았을 때 얼마나 고통스러운지 나는 이미 뼈저리게 느꼈지. 슈누크가 나를 떠났을 때……."

어린 꿀벌은 마음 깊이 감동해서 뭐라 대답해야 할지 몰랐다. 마야 또한 똑같은 감정을 느꼈다. 바로 동족을 위한 사랑과 충성심이었다. 마야는 지금 이 순간 꾀를 내거나 힘을 쓰거나 둘 중 하나를 선택해야만 한다고 생각했다. 말벌이나 마야나 의무를 지켜야 하는 이상, 둘은 적으로 남을 수밖에 없었다.

그런데 보초병이 조금 전 말한 이름 하나가 마야를 사로잡았다. 보초병은 자신을 배신한 누군가의 이름을 말했다. 슈누크라면 마야도 알고 있었다. 호숫가 수련 근처에 사는 아주 아름다운 잠자리가 아니던가. 마야가 고양감에 몸을 떨었다. 어쩌면 살아나갈 구멍이 생길지도 몰랐다. 하지만 그것이 얼마나 확실할지는 알 도리가 없었다. 마야가 조심스럽게 물었다.

"슈누크가 누구인지 알려주시겠어요?"

"그건 네가 상관할 바가 아니야, 꼬마야."

보초병이 대답했다.

"그저 날 떠나간 여자지. 난 그녀를 다시 찾지 못할 거야."

"난 슈누크가 누군지 알아요."

마야가 애써 침착하게 말했다.

"슈누크는 잠자리 가문의 일원이죠. 아마 그중에서 가상 아름다운 잠자리일 거예요."

마야가 말을 마치기 무섭게 여태까지 가만히 서 있던 보초병이 주변 상황을 모두 잊은 것처럼 황급히 마야의 앞으로 다가왔다.

"뭐라고? 슈누크를 안다고? 지금 당장 슈누크가 어디에 있는지 말해라."

보초병이 소리쳤다.

"싫어요."

마야가 태연하고 단호하게 말했다. 하지만 마야의 내면에서는 기쁨이 피어올랐다.

"말하지 않으면 네 머리를 물어뜯어 버릴 거다."

보초병이 으름장을 놓았다. 그는 이제 마야의 코앞에 서 있었다.

"내 머리는 어차피 뜯겨나갈 텐데요. 마음대로 하세요. 아무튼 나는 내 절친한 친구인 그 사랑스러운 잠자리가 어디에 사는지 절대 말하지 않을 거예요! 그 잠자리를 붙잡아서 감옥으로 끌고 오려는 거죠?"

보초병이 무거운 한숨을 내쉬었다. 바깥에서는 동이 트고 있었다. 마야는 보초병의 얼굴이 새하얗게 질리고, 그의 눈에 불안과 적개심이 가득 차오르는 것을 보았다.

"이럴 수가! 병사들을 깨워야 할 시간이야!"

보초병이 당황한 투로 말했다.

"어쨌든 절대 그렇지 않아, 꼬마야. 난 슈누크를 잡으려는 게 아니야. 나는 슈누크를 내 목숨보다 사랑한다. 그러니 내가 어딜 가면 그녀를 만날 수 있을지 알려다오."

"나도 내 목숨이 소중해요."

마야가 머뭇거리다가 재치 있게 대답했다.

"잠자리 슈누크가 어디에 사는지 알려준다면 널 보내주마. 그러면 넌 어디든 네가 원하는 곳으로 자유롭게 날아갈 수 있어."

보초병이 말했다. 마야는 그가 매우 괴로워서 몸을 떨며 목소리를 쥐어짜고 있다는 사실을 눈치 챘다.

"약속을 지킬 수 있나요?"

"말벌의 명예를 걸고!"

보초병이 자신 있게 대답했다. 마야는 흥분해서 말을 하지 못했다. 고향으로 날아가 늦지 않게 위험을 알리려면 서둘러야 했다. 하지만 동시에 마야의 가슴은 환희로 가득 찼다.

"좋아요. 당신을 믿죠. 잘 들으세요. 궁전 근처에 오래 된 보리수들이 있는 건 아시죠? 그 뒤로 수많은 꽃이 핀 들판이 펼쳐지고, 들판을 따라가다 보면 넓은 호수가 나와요. 호수 남쪽 모서리에 시냇물과 맞닿은 곳이 있는데, 그곳에 하얀 수련이 햇빛을 받으며 물에 떠 있어요. 슈누크는 그곳 갈대밭에 살아요. 해가 높이 뜬 한낮에 가면 언제든 슈누크를 찾을 수 있을 거예요."

보초병은 양손으로 창백한 이마를 짚었다. 내면의 갈등을 겪느라 힘겨워 보였다.

"네 말이 맞다."

보초병이 나지막이 신음하며 말했다. 그것이 고통으로 인한 것인지 기쁨으로 인한 것인지는 알 수 없었다.

"슈누크가 말한 적이 있었지. 물에 뜬 하얀 꽃이 있는 곳으로 가고 싶다고 말이야. 네가 말한 바로 그 꽃이 슈누크가 이야기하던 꽃이로군. 그럼 이제 넌 날아가라. 고맙다!"

말을 마친 보초병은 출입구에서 비켜섰다. 바깥에서는 태양이 모습을 드러내며 주변을 서서히 밝히는 중이었다.

"말벌들은 약속을 지킨다."

보초병이 말했다. 그는 간밤에 마야가 성 안에서 어떤 말을 들었는지 알지 못했다. 그래서 이렇게 생각했다.

'작은 꿀벌 한 마리쯤이야. 어차피 꿀벌은 얼마든지 있는데.'

"잘 지내세요."

마야는 그렇게 말하며 날아올랐다. 서두르느라 고맙다고 인사할 겨를도 없었다. 그만큼 시간이 촉박했다.

15

고향으로 돌아오다

어린 꿀벌은 자신에게 남아 있는 의지와 힘을 모두 끌어모았다. 그러고는 마치 엽총에서 발사된 총알처럼 눈 깜짝할 사이에 푸른 아침 공기를 뚫고 숲으로 날아갔다. 꿀벌들은 다른 곤충들보다 훨씬 빨리 날 수 있었다. 마야는 일단 숲으로 들어가야 안전하리라 생각했다. 혹시 말벌이 마야를 놓아준 것을 후회하고 추격해 와도 숲에는 몸을 숨길 장소가 많았기 때문이다.

나무에 맺힌 무거운 이슬방울이 땅에 널린 시든 잎사귀 위로 떨어졌다. 날씨가 너무 추워서 꿀벌의 날개가 딱딱하게 얼어붙을 것만 같았다. 온 사방에 희미한 안개가 퍼져 있어 아침노을이라고는 한 조각도 보이지 않았다. 주변에는 침묵이 내려앉아 있었다. 마치 아침 해가 땅을 잊어버리고 모든 생물이 죽은 듯이 잠에 빠진 듯했다.

마야는 최대한 하늘 높이 날았다. 마야의 목표는 오직 하나였다. 모든 힘과 정신을 쏟아 부어 한시바삐 위기에 처한 꿀벌들의 집, 동료들의 곁, 꿀벌 도시로 돌아가야 한다는 것뿐이었다. 악독한 말벌 떼가 오늘 아침 꿀벌 도시를 공격하려 한다고 꿀벌들에게 경고해야 했다.

꿀벌은 무기를 갖추고 방어 태세에 돌입하면 우세한 적도 물리칠 수 있을 만큼 강하고 능력 있는 종족이었다. 하지만 잠에서 깨어나려는 시간에 불시의 기습을 당한다면 승산이 없었다. 아직 여왕과 병사들이 잠들어 있다면 무시무시한 살육이 벌어지고 수많은 꿀벌들이 포로로 잡힐 터였다. 말벌들의 승리는 불을 보듯 뻔했다.

꿀벌 종족의 힘과 강인함, 여왕을 위해서라면 언제든 죽을 준비가 되어 있는 충성심에 생각이 미치자, 마야는 적에 대한 강한 분노를 느꼈다. 동족을 향한 사랑 덕분에 용기가 치솟은 마야는 여차하면 자기 자신을 희생해서라도 동족들을 지켜야겠다는 생각이 들었다.

그런데 꿀벌 도시로 가는 올바른 방향을 찾기가 쉽지 않았다. 마야는 이미 오래전에 그곳을 떠났기 때문에 매일 먼 곳까지 날아갔다가 꿀을 모아 벌집으로 가져가는 다른 꿀벌들과 달리 근방 지리에 익숙하지 않았다. 마야는 지금처럼 하늘 높이 날아본 적이 없었다. 높이 올라오니 피부가 아리도록 추웠고, 아래로 보이는 풍경을

제대로 분간하기가 어려웠다.

'어느 쪽으로 날아가야 하지? 방향을 잡을 표지가 될 만한 게 없어. 이래서는 우리 동족들에게 도움을 주지 못할 거야.'

마야는 이렇게 생각하고 혼잣말을 내뱉었다.

"아, 지금이야말로 내가 집에서 도망친 잘못을 만회할 좋은 기회인데……. 이제 어떡하지?"

마야는 두려움을 느끼며 한숨을 쉬었다. 그때 갑자기 정체를 알 수 없는 아주 강력한 힘이 마야를 올바른 방향으로 이끌었다.

'뭘까? 지금 나를 잡아당기는 이 힘은? 그래, 고향을 그리워하는 내 마음이 날 이끄는 거야.'

마야는 생각했다. 알 수 없는 감각에 몸을 맡긴 마야는 빠른 속도로 곧장 날아갔다. 그리고 얼마 지나지 않아 환호성을 내질렀다. 저 멀리, 아주 희미하게 궁정 공원 보리수의 우듬지가 아침노을 사이로 떠오른 둥그런 회색 지붕처럼 모습을 드러냈기 때문이다. 이제 마야는 벌집으로 돌아가는 길을 알았다. 그래서 눈 깜짝할 사이에 지면에 닿을 만큼 아래로 내려갔다.

잔디밭 위로 깔린 희뿌연 안개가 점점 더 두터워지는 모습이 마야의 눈에 보였다. 마야는 바로 그곳에서 편안하고 행복하게 이른 죽음을 맞이한 꽃의 요정을 떠올렸다. 그러자 어린 꿀벌의 가슴속은 다시금 낙관적인 확신으로 가득 찼고 두려움이 사라졌다. 동족들을 코앞에 닥친 무자비한 재앙에서 구해낼 수만 있다면, 꿀벌 왕국에서 도망쳤다는 이유로 동족들이 자신을 무시하거나 여왕벌이 자신에게 벌을 내려도 달게 받아들일 수 있을 것 같았다.

지만치 기다랗게 이어진 돌담을 따라 줄지어 선 푸른 가문비나무들이 보였다. 꿀벌 도시를 서풍으로부터 지켜주는 나무들이었다. 그리고 드디어 익숙한 벌통 구멍들이 보였다. 고향집 출입구가 빨간색, 파란색, 그리고 녹색으로 빛나고 있었다. 가슴이 너무 격렬하게 요동쳐서 마야는 숨이 멎을 것만 같았다. 하지만 곧 정신을 가다듬고 빨간색 성문 쪽으로 곧장 날아갔다. 그 문은 마야의 동족들과 여왕에게로 이어지는 문이었다.

마야가 성문 아래쪽 디딤대에 내려앉자, 파수꾼벌 두 마리가 부리나케 다가와 마야를 붙잡았다. 마야는 숨이 차서 아무 말도 할 수 없었다. 파수꾼벌들은 당장이라도 마야를 죽일 것 같은 표정을 짓고 있었다. 여왕벌의 승낙 없이 벌집으로 들어오려는 낯선 곤충은 사형에 처하는 것이 꿀벌들의 규칙이었기 때문이다.

"돌아가라!"

파수꾼벌 하나가 큰 소리로 외치며 마야를 난폭하게 떠밀었다.

"대체 무슨 짓을 하려고 온 거지? 당장 돌아가지 않으면 죽여 버리겠다!"

파수꾼벌이 다른 파수꾼벌에게 고개를 돌리고 물었다.

"이런 일을 경험해 본 적이 있나? 날이 밝기도 전에 말이야."

그때 마야가 동족들만의 암호를 외쳤다. 마야와 같은 벌집에 사는 꿀벌이라면 누구나 알고 있는 암호였다. 파수꾼벌들이 얼른 마야를 놓아주었다.

"이게 대체 무슨 일이야? 넌 우리 도시에 사는 꿀벌이군. 그런데 처음 보는 얼굴인걸."

"날 여왕님께 데려다 줘요."

어린 마야가 끙끙거리며 간신히 말했다.

"지금 당장! 서둘러요! 엄청난 재앙이 들이닥칠 거예요."

파수꾼벌들은 도대체 무슨 일인지 몰라 머뭇거리기만 했다.

"해가 뜨기 전에는 여왕님을 깨울 수 없어."

파수꾼벌 하나가 말했다. 이에 마야가 폭발하듯 소리쳤다. 파수꾼벌들은 꿀벌이 그런 소리를 내는 모습을 본 적이 없었다.

"그러다가 여왕 폐하가 영원히 잠에서 깨지 못할 수도 있다고요!

죽음이 눈앞에 닥쳐 있단 말이에요!"

마야는 다시 한 번 분노를 담아 외쳤다.

"어서 나를 여왕님께 데려다 줘요!"

파수꾼벌들은 깜짝 놀라 마야의 말에 따랐다. 꿀벌 세 마리는 서둘러 따뜻하고 낯익은 길과 골목을 지났다. 마야는 모든 풍경을 알아보았다. 상당히 흥분하고 조급한 상태였지만, 고향의 포근함을 마주하자 가슴 속에 그리움이 차올랐다.

"집에 돌아왔어."

마야가 창백한 입술로 중얼거렸다. 그리고 여왕벌 접견실에 도착하자 하마터면 정신을 잃고 쓰러질 뻔했다. 파수꾼벌 한 마리가 마야를 부축했다. 그 사이 다른 파수꾼벌이 심상치 않은 소식을 전하려고 여왕벌의 방으로 황급히 달려갔다. 두 파수꾼벌들은 이제 뭔가 대단히 중요한 사건이 벌어지리라는 사실을 직감하고 있었다. 그래서 전령은 쏜살같이 달렸다.

밀랍을 제조하는 암벌들이 벌써 일어나 있었다. 암벌들은 호기심 어린 표정으로 복도 이곳저곳을 들여다보았다. 엄청난 일이 일어나리라는 소식은 삽시간에 퍼졌다. 여왕의 방에서 장교벌 두 마리가 나왔다. 마야는 그들을 바로 알아보았다. 장교벌들은 진지한 표정으로 아무 말도 하지 않은 채 입구 쪽으로 가서 자신들의 위치에 섰다. 마야에게도 말을 건네지 않았다. 곧 여왕벌이 나올 모양이었다.

여왕벌은 가신들을 거느리지 않고 시녀벌 두 마리와 직속 부관 하나만을 대동하고 나타났다. 마야를 발견한 여왕벌은 서둘러 가까이 다가왔다. 상태가 나빠 보이는 어린 꿀벌이 지나치게 격앙되어 있는 모습을 본 여왕벌은 진중하고 엄격하던 표정을 조금 누그러뜨렸다.

"네가 중대한 소식을 가져왔다는 자로구나. 너는 누구냐?"

여왕벌이 차분한 말투로 물었다. 하지만 마야는 곧바로 대답하지 못했다. 조금 시간이 지난 후에야 마야는 힘겨운 목소리로 겨우 단어 하나를 내뱉었다.

"말벌입니다!"

여왕벌은 안색이 창백해졌지만 냉정함을 잃지 않았다. 그 모습을 본 마야 또한 흥분을 조금 가라앉혔다.

"위대하신 여왕 폐하, 저를 용서해 주십시오. 저는 숭고하고 존엄하신 폐하께 마땅히 바쳐야 할 의무를 다하지 못했습니다. 나중에 제가 어떤 일을 했는지, 또 그 일들을 얼마나 진심으로 뉘우치고 있는지 소상히 말씀드리겠습니다. 아무튼 저는 간밤에 말벌들에게 붙잡혔다가 기적적으로 빠져나왔습니다. 그리고 제가 말벌 소굴에서 들은 말은, 그들이 동이 틀 때 우리 꿀벌 왕국을 습격하고 모조리 약탈하겠다는 내용이었습니다."

어린 꿀벌이 말을 마치자, 그 자리에 모인 모든 꿀벌들이 이루 말할 수 없을 만큼 경악했다. 여왕을 보필하는 시녀 둘은 높은 목소리로 비명을 질렀고, 입구에 서 있던 장교들은 충격을 받아 새하얘진 얼굴로 경보를 울리러 뛰쳐나갔다. "어떻게 그런 일이!"라고 외친 부관은 그 자리에서 몸을 한 바퀴 돌려 주변을 둘러보았다.

정말이지 경탄스럽게도 여왕은 무시무시한 소식을 듣고도 평정심과 강인한 정신력을 잃지 않았다. 여왕은 몸을 약간 세웠다. 그 모습에서 위엄 있고 광대한 신뢰감이 흘러나왔다. 마야는 여왕의 고결하고 의미심장한 태도를 보고 전율했다. 이토록 우월하고 위엄 넘치는 여왕의 모습은 지금까지 단 한 번도 본 적이 없었기 때문이다. 여왕벌이 곁에 있던 장교에게 손짓하더니 냉철하면서도 큰 목소리로 몇 마디 명령을 내렸다. 그런 후에 이렇게 덧붙였다.

"짐의 명령을 이행하기까지 일 분을 주지. 시간을 지체한다면 그대들의 목을 바쳐야 할 것이다."

하지만 장교들에게는 그렇게까지 단호하게 명령할 필요가 없을 것 같았다. 그들은 벌써 힘차게 자리를 박차고 날아갔다.

"여왕 폐하시여."

마야가 말했다. 여왕은 잠시 몸을 굽혀 마야를 내려다보았다. 어린 꿀벌은 다시금 잠시 동안이나마 여왕의 온화하고 다정한 표정을 볼 수 있었다.

"고맙구나."

여왕벌이 마야에게 말했다.

"네가 과거에 무슨 짓을 저질렀든 너는 우리 모두를 구했노라. 그것만으로도 네 죄를 천 배는 만회하고도 남음이 아니겠느냐. 이제 물러가서 편히 쉬어라, 내 아이야. 행색이 말이 아니로구나. 손까지 떨고 있고."

"저는 여왕 폐하께 목숨을 바치겠습니다."

마야가 떨리는 목소리로 떠듬떠듬 속삭였다. 그러자 여왕벌이 대답했다.

"이제 걱정 말라. 이 도시에 사는 수천 마리 꿀벌 중에 동족의 안녕을 위해 기꺼이 목숨을 바치지 않을 자는 단 하나도 없느니라. 그러니 너는 안심하고 쉬어도 좋다."

여왕은 아래쪽으로 몸을 숙이더니 마야의 이마에 입을 맞추었다. 그리고 시녀에게 손짓해 마야를 조용히 쉴 수 있는 곳에서 돌보라고 명령했다. 어린 꿀벌은 가슴 깊이 지극한 행복을 느끼며 시녀들이 이끄는 대로 따라갔다. 삶에서 이토록 큰 행복을 느낄 일은 다시 없을 것 같았다. 마치 꿈속인 듯 저멀리서 높은 경보음이 들려왔다. 그리고 나라의 고위 관료들이 여왕벌의 방에 분주하게 드나드는 모습이 보였다. 온 벌집이 뒤흔들릴 만큼 둔중하고 요란한 소리가 들렸다.

"병사들이구나! 우리 병사들이 내는 소리란다!"

마야의 곁에 있던 시녀가 속삭였다.

잠시 후, 마야는 작고 조용한 방으로 안내받아 시녀들이 보살펴 주는 대로 포근한 잠자리에 누웠다. 그때 방문 앞으로 꿀벌 부대가 행진하는 발걸음소리를 들었다. 병사들은 힘차고 또렷한 목소리로 구호를 외쳐댔다. 마야는 꿀벌 병사들의 유서 깊은 노래를 들으면서 꿈속으로 빠져들었다. 노랫소리는 마치 먼 곳에서 희미하게 울려 퍼지는 것 같았다.

태양아, 황금빛 태양,
너는 분주하게 움직이는 우리를 비추어라
우리 여왕 폐하를 축복하고
우리가 하나 되게 하라

16

꿀벌과 말벌의 싸움

꿀벌 왕국은 그야말로 어마어마한 흥분의 도가니였다. 혁명이 일어났을 때에도 온 나라가 이처럼 떠들썩하지는 않았다. 벌집 전체가 윙윙대고 있었다. 성스러운 분노를 품고 분개하지 않거나 온 힘을 다해 오랜 숙적을 쓰러뜨리는 것을 원하지 않는 꿀벌은 단 한 마리도 없었다. 그리고 모두가 흥분한 와중에도 혼란이나 무질서는 찾아볼 수 없었다. 병사들은 놀라우리만치 신속하게 모여 대형을 갖추었고, 저마다 자신이 해야 할 일이 무엇인지, 유용한 병력이 되려면 어떻게 해야 하는지 잘 알고 있었다.

드디어 작전을 펼칠 때가 왔다. 여왕벌의 호령에 자원한 병사들이 앞으로 나와 입구의 첫 번째 방어선으로 나서자마자, 가장 먼저

동태를 살피러 나갔던 정찰병들이 총알처럼 날아 들어와 말벌 떼가 접근하고 있다고 알렸다. 다들 결전의 순간을 기다리느라 무서울 정도로 정적이 감돌았다. 목숨을 바칠 각오와 자신감으로 얼굴이

창백해진 최전선의 병사들은 세 줄로 빈틈없이 늘어서서 입구를 굳건하게 지켰다. 아무도 입을 열지 않았다. 쥐죽은 듯한 침묵이 내려앉았다. 후방 전선에서 장교들이 명령을 내리는 소리만이 나지막하게 들렸다. 온 벌집이 잠에 빠진 것 같았다.

성문에서는 밀랍을 만드는 꿀벌 열두어 마리가 조용히, 그러나 열성적으로 일에 몰두하고 있었다. 이들에게 내려진 명령은 밀랍으로 입구를 좁히는 것이었다. 기적처럼 몇 분 만에 두꺼운 밀랍 벽이 두 개 세워졌다. 제아무리 힘센 말벌이라도 이 벽을 부수려면 시간이 오래 걸릴 터였다. 밖으로 날아가는 구멍은 거의 절반 크기로 작아졌다.

여왕벌은 벌집 안쪽에서 전투 상황을 한눈에 지켜볼 수 있는 장소에 자리 잡았다. 부관들은 이리저리 바삐 날아다녔다. 그때 세 번째 정찰병이 돌아왔다. 정찰병은 기진맥진한 채 여왕의 앞에 쓰러졌다.

"폐하, 소신이 살아서 돌아온 마지막 정찰병입니다. 다른 정찰병들은 모두 죽었습니다."

정찰병이 온 힘을 쏟아 목소리를 짜냈다.

"말벌들은 어디까지 왔느냐?"

여왕이 물었다.

"보리수 근처까지 왔습니다."

정찰병이 외쳤다. 그리고 죽음의 공포에 사로잡혀 혼잣말을 중얼거렸다.

"모두들 들어보라고. 말벌들의 날갯짓 소리가 전해지고 있어!"

아무 소리도 들리지 않았다. 정찰병은 아직도 자신이 말벌들에게 쫓기는 듯 두려움에 사로잡혀 있는 것 같았다.

"적의 수는 얼마나 되느냐? 목소리를 낮춰 말하라."

여왕이 강한 어조로 명령했다.

"마흔 마리 정도입니다."

정찰병이 속삭였다. 여왕벌은 적의 숫자가 많아 내심 놀라면서도 겉으로는 크고 당당한 목소리로 외쳤다.

"단 한 마리도 살아서 제집으로 돌아가지 못하리라."

병사와 장교들이 듣기에 여왕의 말은 적의 재앙을 예언하는 것 같았다. 꿀벌들의 사기가 높이 솟아올랐다.

아직 조용하던 바깥의 아침 공기가 서서히 말벌들의 위협적이고 날카로운 날갯짓 소리로 물들었다. 사방에서 말벌 소리가 울릴 지경이 되더니 벌집 입구에 어두운 그림자가 드리워졌다. 잔인한 침략자이자 살해범인 말벌들의 소름끼치는 목소리가 똑똑히 들렸다. 곤충들의 세계에서 가장 잔혹한 놈들이었다.

놈들의 소리가 들리자, 작지만 용기 있는 꿀벌들은 흐릿한 빛줄기라도 드리워진 듯 얼굴이 새하얗게 질렸다. 꿀벌 병사들은 죽음을 기다리며 서로의 눈을 바라보았다. 가장 앞에 선 병사들은 자신들이 살 시간이 이제 채 일 분도 남지 않았다는 사실을 직감했다. 그때 높은 곳에서 여왕의 또렷하고 의연한 목소리가 낮게 울려 퍼졌다.

"말벌들이 한 마리씩 줄지어서 들어오게 하라. 그리고 짐이 명령하면 최전방 병사들은 한 번에 백 마리씩 말벌에게 달려들도록 하라. 뒷줄에 선 병사들은 입구를 막아라. 이런 식으로 적을 분산시켜라. 모두 명심하라. 그대들의 힘과 인내, 그리고 용기에 우리 왕국 전체의 안녕이 달렸다. 그리고 침착하라. 아직 날이 어두워서 적들은 우리의 방어책을 금방 알아차리지 못할 것이다."

여왕벌이 갑자기 말을 그쳤다. 말벌 한 마리가 문 안쪽으로 머리를 들이밀었기 때문이다. 말벌은 아주 조심스럽게 몇 번이고 더듬이를 움직였다. 집게 같은 아래턱을 오물거리는 모습은 온몸의 피가 얼어붙을 만큼 무시무시했다. 그런 말벌이 뒤쪽에 튼실한 날개가 달린 거대한 호랑이 줄무늬 몸통을 천천히 밀고 들어왔다. 밖에서 새어 들어오는 빛을 받은 말벌의 갑옷이 반짝였다. 줄지어 선 꿀벌 병사들 사이에 약간의 떨림이 전해졌으나 아무도 소리를 내지 않았다. 말벌은 조용히 몸을 돌려 나갔다. 그가 바깥에서 보고하는 소리가 들렸다.

"꿀벌들은 취침 중! 입구는 벽으로 반쯤 막혔다. 보초병은 없다. 좋은 징조인지 나쁜 징조인지 모르겠군."

"좋은 징조다. 전진!"

바깥에 있던 누군가가 소리쳤다. 그리고 곧 커다란 말벌 두 마리가 소리도 없이 나란히 안으로 들어왔다. 호랑이 줄무늬 갑옷이 번

쩍 빛났다. 정말 무서운 모습이었다. 어느새 벌집 안으로 들어온 말벌이 여덟 마리나 되었다.

여왕벌에게서는 아직 아무런 명령도 내려지지 않았다. 여왕이 너무 놀라 공포에 질린 나머지 목소리도 내지 못하는 것은 아닐까? 말벌들은 양옆 그림자 아래에서 죽음을 각오한 채 빈틈없이 겹쳐 서서 숨죽이고 있는 꿀벌 병사들을 보지 못했다. 이윽고 높은 곳에서 우렁찬 목소리가 울렸다.

"영원한 정의와 여왕의 이름으로 왕국을 지켜라!"

그와 동시에 윙윙거리는 소리가 온 사방을 가득 채웠다. 그제야 터져 나온 전투의 함성이 꿀벌 도시를 뒤흔들었다. 광분한 꿀벌들의 윙윙대는 소리에 벌집이 폭발할 것 같았다. 동료들과 떨어져 고립된 말벌 한 마리의 모습이 보이자마자, 수많은 꿀벌들이 달려들어 그 주변을 검고 커다란 공처럼 감싸고 붕붕거리며 굴렀다.

젊은 꿀벌 장교 한 마리는 여왕의 명령이 채 끝나기도 전에 달려나갔다. 투지에 불타고 있던 그 장교는 가장 앞에 있던 적을 덮쳤다. 바늘처럼 길쭉하고 뾰족한 장교의 침이 적의 투구와 흉갑 사이로 드러난 목에 내리꽂혔다. 불시에 습격당한 말벌은 분노에 찬 비명을 지르며 몸을 움츠렸다. 그리고 장교와 말벌은 노란색과 검은색으로 빛나는 공처럼 뒤엉켰다. 결국 말벌의 극악무도한 침이 젊은 장교의 흉갑을 뚫고 심장에 박혔다. 죽어가는 장교의 눈에 역시나 치명상을 입은 적이 구름 떼처럼 모인 꿀벌 동료들 틈으로 사라져가는 모습이 보였다. 그의 용감한 죽음을 본 모든 꿀벌 병사들은 호기롭게 싸우다가 죽을 준비가 되었다는 각오를 다시 한 번 가슴에 새겼다.

꿀벌들이 돌진해오자, 침입자들은 적잖이 당황했다. 말벌들은 오랜 시간 전쟁을 일삼아 싸우는 데는 이골이 난 도적들이었다. 다른 곤충을 살해하고 노략질을 하는 것은 말벌들에게 일과나 마찬가지였다. 하지만 불시에 꿀벌들의 공격을 받은 말벌들은 혼비백산해 뿔뿔이 흩어졌다. 다만 불행히도 꿀벌들의 공격은 말벌들에게 기대했던 만큼 큰 피해를 입히지 못했다. 우선 꿀벌의 침은 말벌의 갑옷을 뚫지 못했다. 게다가 말벌은 꿀벌보다 덩치가 크고 힘이 셌다. 말벌들도 그 사실을 잘 알고 있었다. 말벌들이 날개를 윙윙거리며 내지르는, 귀청이 떨어질 듯한 기합소리를 들으면 누구나 겁을 먹기 마련이었다. 그 소리는 꿀벌들이 내는 함성보다 훨씬 컸다. 심지어 인간들조차 말벌이 윙윙대는 경고음을 들으면 겁을 먹고 아무런 무기 없이 말벌과 맞서기보다 후퇴하는 쪽을 택했다.

벌집 안으로 먼저 들어왔다가 꿀벌의 공격을 받은 말벌들은 아직 밖에서 안으로 들어오지 못한 동료들의 앞길을 막지 않으려면 얼른 더 깊숙한 곳으로 전진해야 한다고 생각했다. 그래서 꿀벌과 말벌이 서로 실뭉치처럼 엉켜 싸우면서 어두운 복도와 통로 이곳저곳을 굴러다녔다.

여왕이 내린 명령은 정확히 수행되고 있었다. 뒤쪽에 서 있던 병사들이 재빨리 앞으로 나가 입구를 막았다. 이것은 아주 오래전부터 전해 내려오는 매우 대담한 전투 방식이었다. 그 내용은 이러했다. 만약 입구에서 싸우던 말벌이 지치면, 꿀벌 병사들도 덩달아 지친 시늉을 하며 말벌이 벌집 안으로 들어갈 수 있도록 일부러 길을 터준다. 하지만 말벌 한 마리가 벌집에 입성하면, 그 즉시 새로운 꿀벌 병사들이 떼를 지어 몰려가 잠시 무방비 상태인 것처럼 방치되었던 성문을 두텁게 막아버린다. 그리고 지친 상태로 벌집 안에 들어온 말벌은 아직 전투에 참가하지 않아 기운이 넘치는 후방 꿀벌 병사들과 마주하게 된다. 안에서 기다리던 꿀벌들의 습격을 받은 말벌은 고립된 채로 쓰러지고 만다.

이미 오래전부터 사기를 도모하는 함성 속으로 죽어가는 이들의 고통스런 비명, 부상당한 이들의 신음, 죽음의 공포와 이별의 아픔을 겪는 이들의 처절하고 괴로운 울음이 섞여들었다. 말벌들은 꿀벌들에게 무시무시한 침을 흉포하게 휘둘렀다. 말벌과 꿀벌이 뒤엉켜 싸우며 휩쓸고 지나간 자리에는 죽은 벌들의 시체만이 남았다. 포위당한 말벌들은 탈출할 길이 끊어졌고 이제 다시는 햇빛을 볼 수 없으리라는 사실을 깨달았다. 그 때문에 자포자기해서 미친 듯이 날뛰었다.

이제 꿀벌들에게는 유리한 점이 한 가지 더 생겼다. 거대한 말벌이 금방 힘을 잃지는 않았지만, 말벌 침에 묻어 있던 독은 점차 약해진 것이다. 말벌의 침은 더 이상 치명적인 무기가 아니었다. 부상당한 꿀벌들은 자신이 금방 회복되리라는 사실을 알았다. 그러자 꿀벌들 사이에서 승리를 확신한 기운이 감돌았다. 다치거나 전사한 동료들을 떠올리자, 분노와 함께 힘이 솟아올랐다. 서서히 주변이 조용해졌다. 벌집 밖에 있는 말벌들이 외치는 함성은 성안에 들어온 말벌에게는 아무런 영향을 미치지 못했다.

"전멸이군."

밖에 있던 말벌 장군이 고통스러운 신음을 삼키며 말했다. 그는 아직 입구에서 싸우고 있던 병사들에게 돌아오라는 명령을 내렸다. 말벌들의 숫자는 절반으로 줄어들었다. 벌집 안에서 꿀벌들이 내는 성난 날갯짓 소리가 밖에 있는 말벌들에게까지 들렸다.

"전략이 누설된 것이 분명하다. 꿀벌들은 준비 태세를 갖추고 있었어."

말벌 장군이 말했다. 장군의 명령을 받은 말벌들은 푸른 가문비나무로 모였다. 주위가 점차 밝아지는가 싶더니, 아침노을에 보리수 우듬지가 금빛으로 물들었다. 새들의 지저귐이 점점 커졌고 이슬은 땅으로 떨어졌다. 전투로 인한 분노가 아직 가라앉지 않은 말벌 병사들은 떨리는 몸과 창백한 얼굴로 장군 주위에 모여들었다.

장군은 계속해서 꿀벌 집을 약탈해야 할지, 아니면 다른 현명한 결정을 내려야 할지 고민하고 있었다. 마침내 그는 말벌 부대 전체를 더 이상 위험에 빠뜨려서는 안 된다는 결론을 내렸다. 그래서 매우 불쾌하고 모욕적이긴 했으나 꿀벌들에게 사자를 보내기로 마음먹었다. 벌집 안에 갇힌 말벌들을 구하기 위해서였다.

그는 장교들 중 가장 영리한 자를 골라 이름을 불렀다. 대답 대신 침묵이 공기를 짓눌렀다. 그 장교도 벌집 안에 들어간 모양이었다. 장군은 불안을 이기지 못해 냉큼 다른 장교를 불렀다. 돌아오지 못한 부하들이 너무나 걱정되었기 때문이다. 꿀벌들이 여전히 환호하며 날뛰는 소리가 들려왔다.

"서둘러라!"

장군은 그렇게 소리치며 평화 사절에게 하얀 재스민 꽃잎을 들려주었다.

"서두르지 않으면 인간들까지 나타날 것이다. 그러면 우리에게 승산이란 없다. 가서 꿀벌들에게 전하라. 포로로 잡힌 말벌들만 풀어준다면 우리는 그 길로 물러나 다시는 꿀벌 왕국을 침략하지 않겠다고 말이다."

사자는 곧장 몸을 날려 꿀벌들의 성문 앞에서 하얀 꽃잎을 흔들어 보인 다음, 디딤대에 내려앉았다. 꿀벌 여왕에게 곧장 소식이 전해졌다. 협상을 하고자 말벌 측에서 보낸 사자가 왔다는 말을 들은 여왕은 부관들을 보냈다. 말벌의 제안을 들은 뒤, 여왕은 부관들에게 이렇게 말하라고 명했다.

"시체라도 가져가길 원한다면 기꺼이 내어주겠다. 포로는 없다. 벌집 안으로 들어온 말벌은 모두 죽었다. 다시는 이곳에 오지 않겠다는 너희들의 약속을 우리는 믿지 않는다. 올 테면 언제든 와도 좋다. 단, 언제 오든 오늘 같은 꼴을 당할 것이라는 점을 명심하라. 전투를 이어가겠다면 우리는 마지막까지 싸울 준비가 되어 있다."

꿀벌 여왕의 말을 전해들은 말벌 장군의 얼굴이 창백해졌다. 그는 주먹을 꾹 말아 쥐고 내면의 싸움을 감내했다. 마음 같아서는 말벌 병사들의 복수를 위해 전사로서 사명을 다하고 싶었으나 결국 그의 이성이 이겼다.

"우리는 다시 돌아올 것이다."

장군이 이를 갈며 외쳤다.

"우리가 이런 꼴을 당하다니! 우리 말벌들은 꿀벌 족속들보다 더 강하고 유능한 존재가 아니던가! 우리는 여태까지 출전했던 모든 전투에서 이겨 명성을 드높였다. 이 패배 소식을 들고 어찌 여왕 폐하 앞에 나선단 말인가?"

장군은 분노를 터뜨리며 말을 이었다.

"이런 일이 일어난 이유가 무엇인가? 누군가가 배신한 것이 틀림없다."

그때 말벌 여왕의 친구이기도 한 나이든 암말벌이 입을 열었다.

"이보게, 지휘관! 우리는 꿀벌보다 강하고 유능하지만, 꿀벌들은 단결력이 강하고 충성심이 하늘을 찌른다네. 그건 누구도 꺾을 수 없는 대단한 힘이지. 꿀벌 중에는 배신자가 나오지 않아. 누구나 자기 종족의 안녕을 최우선으로 생각한다네."

장군은 그 말을 제대로 듣지도 않고 다시 이를 부드득 갈았다.

"복수할 날이 올 것이다. 이런 아무것도 아닌 늙은이가 늘어놓는 가르침 따위는 관심 없다. 나는 도적이며 도적으로서 죽을 것이다. 하지만 지금 전투를 이어가는 것은 미친 짓이지. 우리가 꿀벌 집을 함락시킨다 해도 말벌들이 살아 돌아오지 않는다면 의미가 없다."

장군은 사자를 돌아보고 소리쳤다.

"전사자들을 내어 달라고 하라. 그리고 회군한다."

사자는 무거운 침묵으로 대답을 대신하고는 다시 날아올랐다.

"우리는 새로운 전술을 짜야 한다. 물론 말벌들이 아직도 강한 전의를 품고 있지는 않을 테지만 말이다."

적군 사자의 전갈을 들은 꿀벌 여왕이 말했다. 여왕은 새로이 두 부대에게 입구를 단단히 봉쇄하라고 명했다. 밀랍을 만드는 암벌들과 꿀을 나르는 암벌들, 그리고 후방 부대에게는 죽은 말벌을 성 밖으로 옮기라고 지시했다.

여왕벌의 명령대로 일이 진행되었다. 이미 산더미처럼 쌓인 벌들의 시체 위로 말벌 전사자들의 시체가 하나씩 내던져져 떨어졌다. 푸른 가문비나무 위에 앉은 말벌 부대는 침통한 분위기 속에 동료들의 시체가 하나둘씩 땅으로 떨어지는 모습을 지켜보았다. 떠오르는 태양이 밑바닥을 가늠하지 못할 만큼 슬픈 광경을 비추었다. 영광스러운 죽음을 맞은 말벌 스물한 마리가 승리를 거머쥔 꿀벌 도시 밖으로 떨어져 잔디밭에 닿았다. 단 한 방울의 꿀도, 그리고 단 한 마리의 꿀벌도 말벌들의 손아귀에 넘어가지 않았다. 말벌들은 죽은 동료들을 챙겨 자리를 떠났다. 전투는 끝났고, 꿀벌 국민들이 승리한 것이다.

하지만 꿀벌들도 얼마나 큰 희생을 치러야 했는가! 통로고 골목이고 할 것 없이 온 사방에 죽은 꿀벌들이 널브러져 있었다. 애벌레 방이나 벌꿀 방 앞의 광장도 예외가 아니었다. 꽃이 활짝 피고 햇빛이 비치는 아름다운 여름날 아침에 벌집 안에서 꿀벌들은 슬픈 일을 해야 했다. 전사한 꿀벌들을 밖으로 옮기고, 부상당한 꿀벌들의 상처를 치료하고 돌보았다.

그러나 정오가 채 되기 전에 꿀벌 왕국은 평범한 일상을 되찾았다. 꿀벌들은 승리를 자축하지도, 죽은 이들 때문에 오랜 시간 슬퍼하지도 않았다. 각자 긍지와 고통을 짊어지고 자신의 일과 의무를 다하기 위해 움직였다. 꿀벌들은 정말 대단한 종족이었다.

17
여왕의 친구

전투 함성이 터져 나오자, 기절한 듯 잠에 빠져 있던 마야가 깨어났다. 번쩍 눈을 뜬 마야는 방 밖으로 뛰쳐나가 도시를 지키는 일을 거들고자 했다. 하지만 힘이 없어 몸이 말을 듣지 않았다. 마야는 자신이 아무런 도움이 되지 못하리라는 사실을 깨달았다.

서로 뒤엉키고 뭉쳐서 싸우던 벌 무리가 마야 가까이까지 굴러왔다. 우세한 꿀벌 병사들에게 몰려 홀로 싸우고 있던 젊고 힘센 말벌이 눈에 띄었다. 마야가 계급장을 보니 장교인 것 같았다. 전투 중인 덩어리가 점점 더 가까이 다가왔다. 꿀벌이 한 마리씩 죽어 넘어가는 모습을 본 마야는 경악했다.

하지만 커다란 말벌도 만만치 않게 부상을 당했다. 말벌의 팔과 다리, 그리고 더듬이마다 꿀벌 병사들이 한데 뭉쳐 매달려 있었다. 꿀벌 병사들은 적을 놓아주느니 자신의 목숨을 버리겠다는 각오로 온 힘을 쏟았다.

꿀벌 한 마리가 말벌의 갑옷 사슬 사이로 보이는 가슴에 침을 찔러 넣었다. 마야는 말벌이 기진맥진해서 쓰러지는 모습을 보았다. 말벌은 아무런 소리도, 신음도 내지 않은 채, 약탈자다운 모습으로 끝까지 싸우다가 죽었다. 그는 자비를 구하지 않았고, 욕설을 내뱉지도 않았다.

말벌이 쓰러지자마자 꿀벌 병사들은 새로운 전투에 몸을 던지기 위해 서둘러 입구 쪽으로 돌아갔다. 그 광경을 본 마야의 가슴이 뜨겁게 요동쳤다. 마야는 천천히 죽어가는 말벌에게로 다가갔다. 말벌은 희미한 빛 아래 몸을 웅크리고 있었지만, 아직 숨을 쉬고 있었다. 마야가 세어 보니 스무 군데 정도 침에 찔린 것 같았다. 대부분은 몸의 앞쪽에 있는 상처였다. 황금빛 갑옷에는 생채기 하나 나지 않았다.

말벌이 아직 살아 있는 모습을 본 마야는 얼른 물과 벌꿀을 가져왔다. 죽어가는 말벌을 조금이라도 편안하게 해 주려는 시도였지만, 그는 고개를 저으며 손을 들어 마야를 막았다.

"내가 원하는 건 무엇이든 내 손으로 얻는다. 남이 주는 건 받지 않아."

말벌이 긍지에 찬 목소리로 말했다.

"아, 그렇군요! 나는 당신이 목 마를 거라고 생각했을 뿐이에요."

마야가 말했다. 이에 젊은 말벌 장교는 어린 꿀벌에게 미소 짓더니 슬픔이라고는 전혀 느껴지지 않는, 진지하고 차분한 목소리로 말했다.

"난 죽어야 한다."

어린 꿀벌은 아무런 대답도 할 수 없었다. 죽을 수밖에 없다는 상황이 어떤 의미인지 처음으로 깨달은 기분이었다. 마야는 스스로가 거미줄에 걸려 죽기만을 기다리던 때보다 다른 곤충이 죽어가는 모습을 보고 죽음을 더욱 가까이 느꼈다.

"내가 할 수 있는 일이 있다면 좋을 텐데."

그렇게 말하며 마야는 눈물을 흘렸다. 죽어가는 말벌은 더 이상 대답하지 않았다. 그는 두 눈을 크게 뜨더니 숨을 한 번 깊이 들이마셨다. 그것이 말벌이 한 마지막 행동이었다. 그로부터 삼십 분 후, 그 말벌은 전사한 동료들과 함께 성문 밖 잔디밭으로 던져졌다.

마야는 그 짧은 시간 동안 죽어가는 말벌을 보며 느낀 감정을 잊을 수 없었다. 그 순간 마야는 적도 자신처럼 살아 있는 존재라는 사실을 알아차렸다. 그들도 마야처럼 자신의 삶을 사랑하며, 죽을 때는 어떤 도움도 받지 못한 채 무거운 죽음을 받아들여야 한다는 것을 깨달았다. 마야는 꽃의 요정을 떠올렸다. 꽃의 요정은 늘 새로운 꽃에서 다시 태어난다고 말했었다. 마야는 땅 위에서 죽는 다른 생물들도 다시 빛을 보게 될지 알고 싶었다.

"나는 반드시 그럴 거라고 믿을래."

마야가 나지막이 말했다. 그때 부관 하나가 와서 여왕의 부름을 전했다.

마야가 여왕벌의 접견실에 들어섰을 때, 수많은 꿀벌들이 그곳에 모여 있었다. 마야는 나라의 지배자와 여러 고위 관료들 앞에서 다리가 후들거려 차마 고개를 들지 못했다. 여왕의 참모인 장교들 중 가장 용맹한 몇몇이 보이지 않았다. 접견실의 분위기는 매우 진지하고 엄숙했다. 하지만 모든 꿀벌들의 얼굴은 고양감에 빛났다. 모두들 승리와 새로이 얻은 영광을 은은한 불빛처럼 온몸에 두르고 있었다.

곧 여왕벌이 몸을 일으켜 접견실 한가운데로 걸어 나왔다. 그리고 어린 꿀벌에게 다가와 품에 꼭 껴안았다. 마야가 꿈에도 상상하지 못했던 일이었다. 마야는 기쁨에 겨워 울음을 터뜨렸다.

주위를 둘러싸고 나란히 서 있던 모든 꿀벌들이 마음 깊이 감동받았다. 모두가 마야와 기쁨을 나누었다. 그리고 위험을 알리려고 재빨리 날아온 마야의 결단력과 용기에 진심으로 감사했다.

마야는 자신이 겪은 일을 모두 이야기하게 되었다. 대체 어떻게 말벌들의 계획을 알아챘는지, 그리고 여태까지 어떤 꿀벌도 탈출하지 못한 끔찍한 감옥에서 도망쳤는지 꿀벌들이 궁금하게 여겼기 때문이다. 마야는 자신이 겪고 느낀 모든 중요하고 의미 있는 일을 처음부터 끝까지 설명했다. 반짝반짝 빛나는 날개를 가진 슈누크, 메뚜기, 거미 테클라, 푸크, 그리고 고마운 도움을 준 쿠르트까지.

마야가 꽃의 요정과 인간에 대한 이야기를 마치고 나자, 접견실 안에는 침묵이 감돌았다. 어찌나 조용했는지 옆방에서 암벌들이 밀랍을 만드는 소리가 벽을 통해 들릴 지경이었다.

"아아, 꽃의 요정이 그렇게 사랑스러운 존재라니, 누가 상상이나 했겠느냐."

여왕이 말했다. 여왕벌은 아름다운 것을 추구하고 애타게 그리워하는 듯한, 애수에 찬 미소를 지었다. 모든 대소신료들이 여왕벌과 같은 미소를 띠었다.

"꽃의 요정이 부르던 노래가 어떤 것이었다고? 짐이 잘 기억할 수 있게 한 번 더 불러 보거라."

어린 꿀벌은 다시 한 번 요정의 노래를 불렀다.

내 영혼은 모든 아름다움과
신의 얼굴과
그가 창조한 모든 것에서
흘러나오는 숨결이라네

주변이 다시 조용해졌다. 뒤에서 누군가가 숨죽여 흐느끼는 소리가 들렸다. 아마도 전사한 친구를 떠올리는 것 같았다. 마야가 이어서 말벌들에 얽힌 이야기를 시작하자, 모두들 눈을 휘둥그레 뜨고 입을 다물었다. 표정도 어두워졌다. 다들 조금 전 일어난 참담한 전투를 다시 떠올렸다. 몸이 덜덜 떨리고 깊은 한숨이 새어나왔다.

"정말 무섭구나. 끔찍한 일이야."

여왕이 슬픈 목소리로 말했다.

"그리고 마침내 저는 집으로 돌아온 것이랍니다. 여왕 폐하와 모든 분들께 다시 한 번 용서를 구합니다."

마야가 이야기를 마쳤다. 모두가 마야를 이해했다. 벌집에서 도망친 어린 마야를 책망할 꿀벌은 아무도 없었다. 여왕벌이 마야의 목을 끌어안으며 온화하게 말했다.

"너는 네 고향과 동족들을 잊지 않았고, 마음속의 충정도 잊지 않았다. 우리도 너에게 신뢰를 보일 것이다. 앞으로 너는 짐의 곁에 머물며 정사를 돌보는 일에 도움을 주도록 하라. 짐의 생각에 네가 경험하고 배운 모든 것이 우리 꿀벌들은 물론이고 국가의 번영에도 큰 도움이 될 것 같구나."

여왕벌이 말을 마치자, 모든 신하들이 커다란 환성을 질렀다. 그리고 여왕이 말한 대로 일이 진행되었다.

이렇게 꿀벌 마야의 모험이 끝났다. 마야는 꿀벌 도시의 안녕과

이익을 위해 많은 일을 했고, 꿀벌 동족들로부터 존경과 사랑을 받았다고 한다.

때때로 조용한 저녁 시간에 마야는 카산드라가 살고 있는 작은 방에 놀러가 한 시간 정도 이야기를 나누었다. 나이든 카산드라는 퇴직 후 지급받는 꿀을 먹으며 살고 있었다. 그 방에서 마야는 귀를 기울이고 집중하는 어린 꿀벌에게 자신이 겪은 일들을 들려주었다.